主な登場人物
ノア・アリアブル
勇者パーティの一員だったが、追放されてルビアの護衛になる。王族直属の暗殺一家の長男で、ルビアとは幼馴染。アリアブル家独自のユニーク魔法、影魔法を使う。
ルビア・ローリライ
ノアの幼馴染であり、ローリライ王国の第二王女。ノアが暗殺者として育てられたことを知りながら、自ら護衛としてスカウトする。
ミア・マルティネス
妖精族の第一王女。エーディリ王国のお茶会にゲストとして参加した際にノアと知り合い、興味を持ち始める。

ラッド
アリアブル家にやってきた見習い暗殺者。行方不明になった妹を探している。
オリバー・トールト
ローリライ王国から支援を受ける勇者。プライドが高く、見下すノアのことをついに追放してしまう。
トニー・ブラウン
世界最強の呼び声が高い十二騎士の一人。今までの功績が認められ、後にローリライ王国の指南役に就任。

1章　追放と再会

突然ギルドに呼ばれると、勇者であるオリバーに告げられた。

「ノアがいるとパーティに不利益な噂が流れるかもしれない。だから今日をもって追放する」

「は？　どういうことだよ？」

俺がいると不利益な噂が流れるかもしれない？　そんなはずはない。勇者パーティに加入してからは市民のため、みんなのために一生懸命努力してきたつもりだ。何か悪いことをしたわけではない。なのに、なんで俺がいるだけで不利益な噂が流れる可能性があるんだ？

「ノアは自分の職業を自覚しているか？」

「あぁ、暗殺者だよ？　でも勇者パーティに入ってからだって人を殺したことなんてない。それどころか人を助けてきたつもりだ」

「人を助ける？　そんなの、このパーティにいたら当たり前だ。問題は暗殺者って職業の方だ」

「……」

暗殺者の何が悪いんだ？　そりゃあ暗殺者と聞いていいイメージはわかないかもしれない。

それは一部の人たちが暗殺を仕事にするからだ。でも大抵の暗殺者は、魔物を殺すために冒険者になったりしている。それは自分の生活のため、もしくは人に危害を加える魔物を減らすために冒険者になったに決まっている。

「普通の職業に悪いイメージはあるか？　ないだろ。でも暗殺者は違う。だからお前がいるだけでいい噂より悪い噂が流れる可能性があるってことだよ」

「でも、それは可能性の話だろ？　だったら俺がもっと頑張れば、暗殺者って職業もいいイメージになるかもしれないだろ！」

「それじゃダメなんだよ！　勇者パーティである以上、悪い噂が立つわけにはいかない」

「なんで今更……」

「今更？　それはお前の実家が王族直属の名家だからだ。でも王族から資金援助の確約がもらえた。だからお前はもう用済みってこと」

「……」

俺は勇者パーティの資金援助の橋渡しにされただけってことか？　だったら、ここまでの数カ月間は何だったんだよ！

「だから早くパーティを抜けてくれないか？」

「本当に抜けなくちゃダメか？」

ここまで言われても、まだこのパーティにいたいと思ってた。だって数少ない同年代の友達だと思っていたから。だが、それをオリバーは許してくれなかった。

「ダメだ。パーティメンバー全員も同意見だ。それにお前がいるとパーティの雰囲気も悪くなるんだよ！　だから、うだうだ言わずに抜けてくれ」

「そうか……。今までありがとな。楽しかったよ」

「あぁ。俺はノアが来てから毎日憂鬱《ゆううつ》だったよ」

泣きそうになりながら、俺はその場を立ち去っていった。

（なんでだよ！）

友達だと思っていた。やっとできた信頼できる友達だと思った。もしかしたら親友、かけがえのない人になると思っていたのに……。


オリバーにパーティを追放されてから、どれぐらい時間が経ったか分からない。ギルドを出たはいいものの、行く当てもない。それに今後何をすればいいのかも分からない。

（何をするか……）

やることもない俺は、路頭に迷いながらローリライ王国の探索を始めた。小さな頃にしか行ったことのない教会に赴き、小さな子供たちと戯《たわむ》れた後、屋台の出ているエリアに向かった。

（何を食べようかな？）

オークの串焼きにゴブリンのシチュー。その他にも様々な食べ物が売られていた。俺はゴブリンのシチューと黒パンを買って広場に向かった。そこで軽く軽食を済ませた後、オリバーに追放されたことが頭をよぎった。

（本当にパーティから追放されたんだよな……）

時間が経つごとに追放されたことの現実味が帯びてきて、広場でうずくまってしまった。その時、誰かが話しかけてきた。

「ノア？　どうしたの？」

「え？　なんでルビアがここにいるんだ？」

幼馴染《おさななじみ》でありローリライ王国の第二王女であるルビア・ローリライが俺の目の前にいた。

「散歩かな。それで、なんでノアはここにいるの？　パーティのみんなは？」

「追放された……」

するとルビアが突然、俺を抱きしめて頭を撫《な》でてきた。

「辛かったね」

「うん……」

ルビアに追放されたことを伝えたことで、より現状の立ち位置が分かってしまい、涙が出てきた。するとルビアが真剣な顔で俺に言う。

「だったら、私の護衛でもやらない？」

「え？」

俺がルビアの護衛を？　でも……。オリバーが言った通り、暗殺者である俺が護衛をしたら、ルビアの印象も悪くなってしまうかもしれない。

「ごめん。それはできないよ」

「なんで？」

「それは、俺の職業が……」

言葉で暗殺者って口にするのがこんなにきついなんて……。ふとそこで思う。なんで俺は暗殺者一家に生まれてきてしまったんだろう？　こんなに苦しむなら、俺は暗殺者じゃなくて、もっと普通の職業がよかった。そう思った。その時、ルビアが怒ったような顔で言ってきた。

「暗殺者でしょ？　幼馴染だからそれぐらい分かっているよ？　それがどうしたの？　職業が暗殺者ってだけで護衛ができないって言うの？」

いつもは穏やかな彼女がこんな感情的に話すのは久々に見た。王族である以上、感情を外に出すことはあまりない。それは王族にあるまじき行為だから。

「もし俺がルビアの護衛をやったら、印象が悪くなっちゃう」

「そんなことで王族の印象が悪くなるわけないじゃない。それにもしそう思うなら、ノアが頑張って暗殺者の印象を変えればいいことじゃん！」

「でも……」

そこまで言われても決めきれなかった。そんな大層なことができる自信があるわけでもない。それに幼馴染であり、唯一同年代で親友と呼べる人が悲しむ顔を見たくなかった。

「うじうじ言わない！　もう決定なの！　それにさっきも言ったけど、私はあなたの幼馴染だよ？　ノアが今までどれだけ辛い人生を送ってきたのか、誰よりも知っているつもり。そんな人を軽蔑することなんてできない」

（!!）

ルビアは今まで見たこともないような顔をして話し始めた。

「一回しか言わないから、ちゃんと聞いてね。私はノアのことを信頼している。だからもしあなたに殺されても、それはしょうがないことだと思っているわ。だって信頼しているノアに殺されるのよ？　見ず知らずの人に殺されるなら、あなたに殺された方がいい。だから自信を持ちなさい。私が唯一信頼できる人。それがあなたよ」

「あぁ……」

王族が口に出してはいけないこと。それを俺の前で言ってくれた。ルビアの覚悟、信頼されている、必要とされていることに気付き、その場で小さな嗚咽《おえつ》をもらしてしまった。

「ばーか。泣かないの！　だからさ、もしできるなら、ノアも私のことを信頼してほしいな」

俺がルビアの問いに頷《うなず》くと、笑いながら言ってきた。

「じゃあ護衛になるってことでいい？」

「俺、ノアは、命を懸けてルビアを守ります」

「よろしい！　じゃあパパとママに言いに行こっか！」

「お願いします」

こんなに身近に俺を理解してくれている人がいたのに気付けなかった……。それが情けなかった。ルビアは王族として言ってはいけないことまで言って覚悟を見せてくれた。なら俺もそれに応えたい。

2章　護衛になるために

ルビアとともに王宮に入ると、大勢の執事とメイドが待っていた。

「おかえりなさいませ、お嬢様」

「うん！」

俺も周りを見回すと、顔を知っている執事が何人かいた。その中の一人であるルート・エリックさんが、困ったような顔でこちらに来て話しかけてきた。

「また王宮を出られましたね……。何度言ったらいいのですか。今回で最後にしてください」

「う〜ん？　それは約束できないかな？」

ルートさんがため息をつきながら、俺の方を向いて言う。

「それで、なぜノア様がこちらに？」

「お父様とお母様に話があるの。その内容がノアに関することだからだよ〜」

「左様でございますか。ですが、面会の許可が下りていない人物を国王様や王妃様に会わせるわけにはいきません」

まあそうだよな。いくら俺の一家が王族に仕えてきたからって、ルールはルールだしな。逆にすぐ会える方がやばいし。

「ルートのケチ！　今回の件は必要事項だから、止めてもダメだよ」

「そう言われましても、決まりは決まりですので……」

「ルビア。ちゃんと段階を踏んで会うよ」

俺のせいでルートさんが困っている……。これ以上、ルートさんや他の人たちの仕事を増やすわけにはいかない。俺も一応はこの国に仕えるように訓練された身。執事がどれだけ苦労をしているか知っているつもりだ。

「ノア！　ここで引いてどうするの！」

「それでも……」

すると、新人らしきメイドたちが小さな声で話しているのが聞こえた。

「なんであの人はルビア様にため口で話しているの？」

「分からない……。でもルート様があの人の名前を知っているってことは、何かしら知り合いなんじゃないかな？」

「そうだよね」

まあ、はたから見たら、王女にため口で話しているって不敬罪にあたるかもしれないもんな。

やっぱり敬語の方がいいのかな？　そう思った時、ルビアが血相を変えて言った。

「ねえ。もしノアが敬語になったらどうするの？　あなたたちの責任だよ？」

（いや、間違ってないから！）

普通、王女に対してため口で話すなんておかしい。でもルビアが言いたいことも分かる。だから、メイドとルビアが納得できそうなラインを考えて話し始める。

「ルビア。俺は国王様や王妃様に言われない限り、ため口で話すよ。だからそんなに怒るなって」

「うん……」

ふー。俺のせいでメイドたちがクビにでもなったら可哀想《かわいそう》だし、俺も嫌だ。

「じゃあ一旦帰るよ」

「え？　待ってよ！」

ルビアに止められそうになった時、王妃様が王室から出てきた。俺は頭を下げ、膝をつく。

「ルビアおかえりなさい。それにノアくんじゃない！　久しぶりね」

「アイラ様。お久しぶりです」

「久しぶりね〜。前みたいに楽にしてくれていいのよ？」

その言葉を聞いて、頭を上げてアイラ様の顔を見る。やっぱり美人だ。人妻なのに、二十代にしか見えない。ルビアもアイラ様の血を受け継いでいる。だから一言で表すと金髪碧眼《へきがん》の美女。どちらも巨乳で色気もある。

(待て待て。王族になんてことを考えているんだ！)

頭を振って雑念を振り払う。するとアイラ様は笑いながら言う。

「それで、ノアくんはなんでいるの？」

「ママとパパに、ノアについて話があって呼んだんだけど、ルートが面会の手続きをしてないから会っちゃいけないって言って。ダメかな？」

ルートさんの顔が少しずつ青くなっていくのが分かる。

「そんなことならいいわよ」

「やった！　ほら！　ルート、大丈夫だったでしょ！」

「申し訳ございませんでした」

「じゃあノア行こっか」

ルートさんはただ、仕事をしただけ、それなのに怒られるなんてあんまりだろうし、俺が同じ立場なら嫌な気持ちになる。だからルビアに一応は忠告する。

「あぁ。あと、ルートさんは仕事をしたまでだから、怒るのは違うぞ？」

するとルビアが頭を下げて謝る。

「ルートごめんなさい」

「私の方こそ申し訳ございませんでした。行ってらっしゃいませ」

お互いが仲直りをしたようなので、アイラ様とルビア、俺は王室に向かう。その時、ルートさんが耳元で囁《ささや》いてくる。

「ありがとうございます」

「いえ。こちらこそすみません。今後ともよろしくお願いします」

「はい」

「ノア！　早く早く！」

ルートさんにお辞儀をして、急いでルビアのもとに行き、王室に入った。

何度この場所に来ても緊張する。俺が緊張しているのが分かっているかのようにアイラ様が、

「深呼吸して。そしたら緊張がほぐれるわよ」

「あ、ありがとうございます」

大きく息を吸ってから吐く。数度この動作を行うと、手の震えが収まってきた。するとルビアが俺の手を握ってくる。

「大丈夫。ママもパパも分かってくれるわ」

「うん」

温かい手。少し繋《つな》いでいただけで震えが収まった。

「あら？　そんなにまずい相談でもするの？」

「違うよ。相談って言うよりお願いかな？」

「そう。じゃあ入りましょうか」

アイラ様の合図と同時に扉が開く。昔と何も変わっていない。赤いじゅうたんが入り口から国王様が座っているところまで敷かれている。国王様の隣に親父が、じゅうたんの周りには顔見知りの騎士が立っていた。

「アイラとルビアが一緒に入ってくるなんて珍しいな。それにノアくんもいるじゃないか！　どうしたんだ？」

国王様であるカーター様に名前を呼ばれてビクッとしてしまう。

「パパ！　少し話があるから、ここにいる騎士たちを部屋から出してもらえる？」

「ん？　全員は無理だぞ？　まあノアくんがいるからリアムを残すか」

「うん」

ルビアの言った通り、親父以外全員が王室を出ていった。

「ここにはローリライ家とアリアブル家しかいない。少しぐらいため口になっても大丈夫だから、ノアくん、肩の荷を下ろしなさい」

「はい」

そう言われても、すぐできるわけがない。

「それでどんな用件なんだ？」

「パパとママにお願いがあるの」

「言ってみなさい」

「ノアを私の護衛にしたい」

「ん？　ノアくんを？　でもノアくんは勇者パーティではなかったか？」

「ノアが勇者パーティを追放されたって聞いた。だったら私の護衛にどうかなって思って。ノアなら実力も申し分ないから……」

国王様の顔が少し険しくなる。

「そうか……。ノアくんも大変だったな」

「お気遣《きづか》いいただき、ありがとうございます」

「ダメかな？」

するとアイラ様がニコニコしながら、

「私はいいと思うわ」

「いいとは思うぞ。でもそれは身内の目線からだ。王宮にはノアくんを知らない人が大勢いる。名前《ネーム》持ちなら話は違うが、ただの青年が今日からルビアの護衛をやりますと言って納得すると思うか？」

「……。そうだよね」

国王様が言っていることに誰もが納得する。だからルビアも言い返せない。まあそうだよな。

「でもノアくんが実力を証明したらどうだ？」

「！　みんながノアのことを認めてくれる」

「そうだ。だからもしノアくんがルビアの護衛をやりたいなら、試験を行おうと思う。ノアくん、どうだい？」

こうなるとは思ってもいなかった。でも嬉《うれ》しい誤算だ。あの時から、ルビアに命を託すと決めている。だったら断る理由はない。

「はい。やらせていただきます」

「そうか！　じゃあ明日のこの時間に、また王宮に来てくれ」

「本当にありがとうございます」

本当にチャンスをもらえるとは思ってもおらず、動揺しながらもお礼を言った。

「いいよ。ノアくんは私の息子みたいなものだからな」

国王様との話が終わり、王室を出ようとしたら、親父が、

「仕事が終わったら家に帰る。体を温めておけ」

「分かった」

たぶん親父が直々に稽古《けいこ》をつけてくれるのだろう。

(稽古なんて久々だな)

王室を出た流れで王宮を出ようとしたところで、ルビアが俺に声をかける。

「ノア！　あの……。頑張ってね」

俺は頭を下げる。

「うん。それと、今日は本当にありがとうございました」

「え？　突然どうしたの？　それに護衛に関しては私のわがままなんだから、お礼を言われる筋合いはないよ」

ルビアはそう言うが、俺のことを心配してくれたのだと思う。その気持ちだけでも嬉しいのに、試験まで受けさせてもらえて、本当に感謝してもしきれない。それにもしあの時ルビアが来てくれなかったら、立ち直るのにどれだけ時間がかかっていたことか……。

だからルビアには面と向かってお礼を言いたかった。

「また明日な」

「うん！」

ルビアと別れて王宮を出て家に向かう。

（今日はいろいろとあったな）

朝、勇者パーティを追放されて絶望している時、ルビアに偶然会って職のチャンスまで与えてもらった。どれだけルビアが信頼できる存在なのかを実感した日だった。

（どん底から絶頂までの気分を一日で味わったな）

本当に濃い一日だった。精神的に疲れつつ家に入る。家に帰るのなんて何カ月ぶりかな？勇者パーティにいた時は宿で一緒に泊まっていたから、家には帰れなかった。

「ただいま」

「ノアおかえりなさい。家に帰ってくるなんて珍しいわね」

「うん。今日は父さんも帰ってくるって。ちょっと外で体動かしてくる」

「そう！　分かったわ」

親父に言われた通り体を動かし始める。

数分体を動かしていたが、ずっと俺に視線を送ってきているのが分かる。見ている人たちに殺気を放つと、ぞろぞろと出てきた。

（見られているな）

「おかえりなさい、坊ちゃま。体はなまっていませんな」

「スミスか。驚かせないでくれ。一人手練《てだ》れがいると思ったから、殺気を出しちゃったよ」

出てきたのは、俺の家に仕える執事であるスミスを含め三名だった。スミスは大丈夫そうだが、他の二人の顔が青い。悪いことしちゃったな。

「坊ちゃま。こちらにいるのが新入りのものです」

「そうなんだ」

また新入りか……。職業が暗殺者で、才能が少しでもある若者であれば、仮契約をして家の部下になることができる。まぁ毎回一カ月ほどでみんな辞めていくんだけどね。

「お初にお目にかかります。シュリと言います。数日前よりアリアブル家でお世話になっております」

「お初にお目にかかります。ラッドと言います。同じく数日前よりお世話になっております」

「ノア・アリアブルです。訓練頑張ってね」

二人に挨拶をして本題に入る。

「それで、スミスはなんでこんなことを？」

「はい。今後当主様になるお方の実力を少しでも知ってもらいたくて。誠に申し訳ございません」

「いいって」

俺の実力ね……。まあ普通の人よりは強いと思うけど、親父に比べれば、実力なんてないに等しい。

「それで、少しお時間がありましたら今から、この二人に稽古をつけていただけませんか？」

「ん？　稽古？　まあ親父が帰ってくるまでだったらいいよ」

「ありがとうございます」

軽い運動になるだろうし、今後期待できる人材か見たいしな。それとは裏腹に、シュリさんとラッドくんは震え始めていた。

稽古といっても何をやればいいの？　昔俺がやっていた稽古を二人にやらせるわけにはいかない。あんなのやらされたら絶対に辞めたくなる。

「そうですね。簡単な手合わせというのはどうですか？」

(手合わせか)

一番手っ取り早く実力を向上させるのは実戦だけど、実戦が常にできるわけじゃない。だから、自分と実力が拮抗《きっこう》している相手と手合わせをするのが、一番実力を向上させやすい。まだこの二人の実力を知っているわけじゃないが、確実に俺より弱いのは分かる。歩き方や気配の消し方などで実力が判断できてしまっている時点で、実力が離れていることが分かる。

実力差がありすぎる相手と手合わせをすると、問題な点がいくつかある。まずは自信喪失。

戦う相手が年上、もしくは師匠とかなら話は違うが、初対面の人や俺みたいに歳が近い相手と戦って負けると、自信喪失する可能性が高い。

二つ目に、学べることが少ない。実力が離れすぎている人と戦うと、相手が何をしたか分からずに終わってしまう。終わった後に説明することで学ぶことはできるが、より効果的なのは、手合わせをしている中で感じ取りながら学ぶことだ。

最後が一番厄介で、道を踏み外してしまうこと。これは一つ目の自信喪失と繋がっているが、自信喪失してしまった後、立ち直れる人ならいい。だが立ち直れなかった人はどうなるか。一般的には違う道を選ぶ。だがごく一部の人は禁忌魔法など、違う方法で力を手に入れようとする。

「……」

「坊ちゃまが考えていることは分かっています。ですが、この二人は坊ちゃまと歳が近いです。なので、同年代トップの力を知るのもいい機会だと思います。ここで挫折するならそれまでということです。こんな経験ができる人はそうめったにいるわけじゃありませんので」

「スミスがそこまで言うなら……。でも本気は出さないぞ」

「分かっております。さじ加減は坊ちゃまに任せます」

「了解」

軽く体を動かしながら二人に尋ねる。

「じゃあ、どっちから始める？」

俺はシュリさんとラッドくんのどちらから始めてもいい。でも逆の立場ならどうだ？　最初の戦いを参考にできるから、俺なら後に戦いたい。でもそれはその人次第。俺は後に戦いたいタイプだが、最初に戦いたいと思う人もいる。最初に戦うと、戦う前に戦意喪失することがない。ほんの少しでも希望を持つことができる。

「わ、私からでもよろしいでしょうか」

「分かった。じゃあ始めようか」

戦闘態勢に入る。短剣を構えてシュリさんを観察する。シュリさんは俺を見ながら徐々に詰めてくる。暗殺者にとって、これは一番やってはいけないこと。

まず暗殺者とは何だ？　暗殺という言葉のように、暗闇の中、標的にバレずに殺すこと。これが暗殺者の基本だ。でもシュリさんは俺に面と向かって接近してきた。手合わせとはいえ、正面に標的がいる場合、どうすればいいか。方法はいくつもあるが、簡単に接近する方法は魔法を使うこと。魔法を使うことによって、一瞬でも意識が魔法に向かう。その瞬間、闇魔法である隠密を使い、接近して倒せばいい。

（ここで終わらせるのはもったいないよな……）

本来なら魔法を使って接近すればいいが、これは相手のための手合わせ。シュリさんが近づいてくるのと同時に、魔法ではなく、歩法と残像の技術で接近する。

歩く音を消し、緩急をつける。これは歩法の一種で、相手には俺の残像が見えているだろう。

これにシュリさんも驚いていて、一瞬の隙ができる。それを逃さずに、体術の一つである縮地を使い、間合いを詰めて首元に短剣を突きつける。

「参りました」

シュリさんの戦い方は、暗殺者ではなく戦士の戦い方。これを直さない限り、暗殺者になることはできない。

(次行くか)

「はい。じゃあ次はラッドくんね」

「はい」

手合わせする前の俺は、シュリさんと一緒でラッドくんも弱いと油断していた。

お互い見つめ合う状態から手合わせが始まった。

(シュリさんより……)

シュリさんより明らかに隙がない。さっきまでは素人同然だと思っていた。だけど少し違う。

何かかじっていたか？

（実力が分からない以上、少し本気を出すか）

黒風《コクイ》を使って周辺を真っ暗にしつつ殺気を消す。これを使うと大抵の戦士は動けなくなり、戦闘不能になる。だけどラッドくんは違った。

なぜか徐々に近づいてきた。

（なんで分かるんだ？）

残り数メートルほどになったところで斬りかかってきた。

（あぶな）

ギリギリのところでよける。俺の位置を正確に分かったうえで斬りかかってきた。ラッドくん……、何者なんだ？　その後もことごとく俺に斬りかかってくる。

（普通じゃない）

今まで何人もの人と手合わせをしてきた。だけど、ここまでやる人物はそういなかった。このままじゃやばい。流石《さすが》にもう少し本気を出さなくちゃ倒すことができない。

俺は隠密も使い気配を消す。するとラッドくんは俺を見失ったように動きが止まった。黒い霧の状態で敵がどんな動きをしているか判断できるレベルになったのは数年前。この状況では魔法を使うことができないため、実力勝負になる。

俺はラッドくんに近づき、首元に短剣を突きつけようとする。その時、一瞬油断していた。

それを見逃さなかったのか、俺に対して短剣を横に振ってきた。体には当たらなかったが、洋服が少し切れる。

ここでやっと気付く。こいつは本当にやばい。そう思い、縮地を使い、すぐさま首元に短剣を突きつけて終わらせた。

「ま、参りました」

「うん……」

ラッドくん……。本当に何者なんだ？　この歳でこの動き。そうそうできることじゃない。

「坊ちゃま。どうでしたか？」

「……」

「坊ちゃま？」

そこでやっと呼ばれていることに気付く。

「ごめん。シュリさんは暗殺者の基礎を練習しようね」

「はい。ありがとうございます！」

「それでラッドくんは……」

「はい」

アドバイスをしていいのか？　まだ仮契約状態でこの実力。もしかしたら俺たちの敵になる可能性もある。だからひとまず、様子を見ることにする。

「今度アドバイスするよ、ラッドくん。本当に強かったよ」

「ありがとうございます」

アドバイスを言って立ち去ろうとした時、ラッドくんが少し不気味な笑みを浮かべていた。

それにしてもラッドくん……。要注意人物だ。まあ、まずは明日だ。軽い運動もできたし、親父でも待とうと思ったら、後ろから話しかけられる。

「ノア」

「親父……」

少しは追いついたと思った。でも親父が近づいていることにすら、気付けなかった。それだけ実力差がある……。流石にアリアブル家当主であり、国王様の護衛の一人だと実感した。

「訓練は、ラッドくんと戦ってもらいたかったんだが、さっき戦っていたな」

「あぁ、ラッドくんって何者なんだ？」

「家に入ってから説明する」

「うん」

親父が仮契約の人の名前を憶えているのは珍しい。それだけ強い人だと分かる。それに俺と戦わせたかったと言っている時点で、ラッドくんのことを少しは認めている証拠だった。

ラッドくんの実力を見破れなかったのが不甲斐なくて恥ずかしくなった。

「おかえりなさい」

「「ただいま」」

家に入ると母さんが出迎えてくれた。母さんは父さんや俺と違い、魔法使いである。だから暗殺者のことをあまり知らない。だけど暗殺者だって魔法は使う。だから小さな頃は父さんからは暗殺者の修業、母さんからは魔法の修業をさせられていた。子供の頃は三人で食事をとるのが当たり前だったのに、ここ最近はとっていなかったので嬉しかった。

「ノアは何で家に？　勇者パーティはどうしたの？」

「……。クビになった」

「あら。まあ、しょうがないわよね」

「う、うん」

惨めすぎて本当のことが言えない。すると母さんが俺のもとにやってきて頭を撫でてくれた。

「顔を見れば分かるわ。辛かったわね」

「……」

嗚咽をもらしながら泣く。母さんにやさしくされたことで、今まで溜めこんでいた気持ちを全て吐き出してしまった。ルビアの時と一緒の温かさを感じた。数分経ってやっと涙が収まる。

「そういう経験ができたって思えばいいんじゃない？」

「うん……」

「でも切り替えるのは難しいよね……」

「うん」

母さんが言う通り、そう簡単に気持ちを切り替えることなんてできない。でもルビアのおかげで少しずつだけど、徐々に前を向いていける気がしていた。

「だったら、その気持ちを糧《かて》にすればいいんじゃない？」

この気持ちを糧にする？　どういう意味だ？

「ノアは今、勇者パーティのみんなをどう思ってる？　私はノアじゃないから分からないわ。でも見捨てられて辛かったよね。だったらその気持ちを糧にして、勇者パーティを見返しちゃいなさいよ！　俺はこんなに強かったんだぞってね」

「……」

「そしたらパーティのみんなはどう思う？」

「どうって……」

そんなこと言われても分からないよ。

「悔しいに決まっているじゃない！　こんな奴をパーティから追放してしまったんだってね」

「そうかな？」

一応は勇者パーティだ。俺が結果を出したところで、そう思うのだろうか？

「そうよ」

「そっか。じゃあ頑張ってみるよ。ありがと」

すると母さんは笑顔になりながらキッチンに向かった。本当に母さんにはかなわないな。ルビアみたいに俺を理解してくれている。俺を認めてくれている。だったら、そんな人たちのために力を使っていきたい。俺と母さんの会話が終わったところで、父さんが話し始める。

「ラッドくんの件だが、あの子はローリライ王国の東南にあった暗殺一家の王族の生き残りだ」

「え？　それに東南って」

「そうだ。ラッドは生き残った王子だ」

「うそ……」

暗殺一家が王家だと聞いたことはあった。でも本当に実在していたなんて……。

なぜあそこまで強いのか納得がいく。それと同時に、尊敬と可哀想という感情が生まれた。

(本当にすごい)

子供の頃、何度この家に生まれて後悔したことか。毎日毎日死に物狂いで訓練をする辛さ。それに加えて、同年代の友達はできない。そんな境遇が嫌だった。でもラッドくんはもっと辛かったんだと思う。俺にはまだ父さんや母さんがいる。身近にルビアだっている。でもラッドくんはどうだ？　親父が生き残った王子と言っていたから、家族はもう死んでいる可能性が高い。それに加えて、信用できる存在も殺されたかもしれない。

もし俺がラッドくんと同じ境遇になったら……。そう考えるだけでゾッとする。たぶん悲しみや憎しみ、恨みでいっぱいになっていただろう。それなのにラッドくんは、俺の家に来て前に進もうとしている。

「ノア。今お前が勇者パーティをどう思っているかは分からない。でもラッドくんみたいに後ろを振り返らず、前だけ見て進んでもいいんじゃないか？」

前だけを見て進むか……。それもいいかもしれないな。そう思い、頷く。

「分かった」

「あと、この話は母さんとお前と俺、そしてローリライ家しか知らないから、誰にも言うなよ」

もし口外でもしてしまったら、国が危機に陥る可能性もある。それにラッドくんが危険な目に遭ってしまうかもしれない。それだけ重要な機密情報ってこと。

「今日話したかったのはこれだけだ」

「あぁ」

ここまで父さんと話すのは久々だった。俺の父さんは無口で、淡々と仕事をこなす人だから、小さな頃からあまり会話することがなかった。

「あと、明日頑張れよ。お前なら大丈夫だ」

「あぁ」

親父に褒められる、認められることなんて今までなかったから、嬉しかった。


そして当日。王宮に入ると、ルートさんが案内をしてくれる。

「聞きましたよ。ルビア様の護衛をやるための試験なんですよね？」

「はい」

「だから昨日、今後よろしくお願いしますといったのですね」

「はい。まだ決まっていませんけど」

その後、話すこともなく、王室前に着くとルートさんが言う。

「大丈夫です。ノアくんの実力は知っているつもりです。心配などしていません。いい報告を期待しています」

「はい。行ってきます」

ルートさんに会釈した後、王室の扉を開けた。中にはローリライ家と護衛数名、そして見たことのないおじさんが立っていた。

「ノア！　おはよ～」

「おはよ」

王室でため口をするのは心苦しいが、ルビアとの約束を破るわけにはいかない。すると国王様が、

「じゃあ今から試験を始める。内容は模擬戦。試験相手は聖騎士、トニー・ブラウン」

なんでトニー・ブラウンがここに……。誰もが一度は聞いたことがある。魔族と人族が平和条約を結んだ時に功績をあげた人物の一人であり、世界最強の呼び声が高い十二騎士の一人。

少し絶望を感じたが、ルビアとの約束を守ると決めたんだ。どんな相手だろうと諦《あきら》めるわけにはいかない。

「分かりました」

「はい」

そうして模擬戦会場の闘技場に向かい、試験が始まった。トニーさんと対面して、試合開始の合図を待つ。

（観客が多いな）

たぶん王宮で働いている人や貴族の方々、そして魔法で市民に試験の模様を放送する人たちが来ているのだろう。

「そんなに硬くならずに。これは模擬戦。真剣勝負とは違って、命の取り合いじゃないんじゃ。それにわしはもう老いぼれ爺《じい》じゃよ」

「あはは……。精進します」

ちょうど会話が終わったところで試験が始まった。お互いにまずは様子見をする。

(やばい)

隙がない。この域の達人までいくと、ここまですごいのか……。俺が少し動くだけで、トニーさんも少し体を動かして牽制してくる。

(本当に勝てるのか?)

油断していた。試験が始まる前は、まだ少しは勝機があると思っていた。でも面と向かってみると、勝つのはどれだけ難しいことかが分かる。どんな戦術で戦おうか考えていると、トニーさんが話しかけてきた。

「どうした? 来ないのか?」

「……。まだ考え中です」

「そうか。じゃあまずは小手調べから」

すると一瞬にして、間合いを詰められる。左から来ると思った攻撃が右から来て、ギリギリで受け流す。でもまたすぐ次が来る。次は右、左、上のフェイントを入れつつの攻撃。

（あぶな！）

連続で攻撃され受け流すことができなかったため、受け流すのを諦めて、よけることに専念した。数ミリのところでよけることができたが、また攻撃が来る。次は右、左、上、下とフェイントを入れた後に本命の攻撃が来る。

「！」

この攻撃を避けることができずに腕を負傷する。このままじゃ危ないと思い、後ろに飛んで一旦距離をとる。するとニコニコ笑いながら、

「その歳でここまで戦えるとは感心したぞ。まだ若者も捨てたものじゃないな」

「……」

もう話す余裕すらない。この強さ、何なんだ。この歳でこんな動きができるのか……。

「それで、考えごとは終わったかい？」

「！」

防ぐことで精一杯になっていた……。まだどうやって攻めるか決めていなかった。

次はフェイントなしに正面から攻めてきた。鋭い一撃。たぶん避けなければ、タダでは済まない。直感がそう言っている。

「この感触……」

水魔法と、シュリさんの時に使った歩法の組み合わせで水分身を作り、避ける。

（なんで忘れていたんのだろう……）

「そんなこともできるのか！」

「……」

シュリさんと戦った時、偉そうに言ったことを忘れていた。暗殺者とは暗闇の中、標的にバレずに殺すこと。それが暗殺者だ。だったら……。

風矢《エア・スピア》でトニーさんに攻撃をする。

「そんなの当たらんよ」

知っている。だけどこれなら？　さっきは一発しか打たなかったが、次は連続で放つ。

「だから当たらんって」

それも知っている。当たるなんて思っていない。でも気を引くことはできたはずだ。そこで緩急をつける歩きをして残像を出した。

「!!」

たぶん、俺の位置は分かっているはずだ。

ここから本当の試験が始まる。そして快進撃が始まった。こんな小手先の技で翻弄《ほんろう》できるとは思っていない。でも一歩前に進むことはできた。

（この感覚……）

久々だった。毎日俺より弱い相手と戦っていて、考えることをやめていた。本気を出してしまえば人を殺す、もしくは大怪我を負わせてしまう。だから今まで力を無意識にセーブしていたのかもしれない。でも今は違う。目の前にいる人は十二騎士の一人であり、格上の相手。だったら存分に本気を出していい。

（位置は分かっていると思うが、トニーさんから攻撃することはできない）

初めて見せる魔法や技を使っているため、トニーさんが攻撃してくることはないだろう。だったら方法はある。様子見している状態だと警戒心が強い。そこを突けばいい。

母さんから教わった初級魔法をトニーさんの足元に連続で放つ。案の定避けられてしまうが、俺への意識が少し減った。そこで次は水と風の複合魔法——氷石《アイス・ロック》を放つ。

「！」

当然驚くだろう。氷魔法を使える人なんてめったにいない。その一瞬を見逃さなかった。歩法で残像を見せつつ縮地を使い、トニーさんの間合いに入り攻撃する。だが受け流されてしまう。

（予定通り）

攻撃以外で剣を使わせた。その時、黒風《コクイ》を使って、あたり一面を黒い霧にして視界をふさいだ。

ラッドくんと戦ったように殺気を消しつつ隠密を使い、存在感を消す。ここしかない！　背後をとって、胸元に短剣を突き刺しに行く。

「甘いわ！」

トニーさんがそう叫んで俺に斬りかかってくる。

(分かっていた)

予測していたからこそ、水分身を出して避けることができた。この攻撃で倒すのは無理だ。だから……。だから！　今の攻撃で位置は分かった。

火と水の複合魔法で大気中に雲を作ってから、氷魔法を組み合わせて放つ。

「落雷《ライトニング》！」

落雷《ライトニング》を使ったことにより黒風《コクイ》が消える。

殺気と隠密で気配を消して、黒風《コクイ》で視界をふさいだ。完璧だと思った。それなのにトニーさんは、ギリギリのところで直撃を避けていた。

(クソ！)

行けたと思ったのに！　もう魔力がほとんどない。おしまいなのか……。そう思った瞬間、

「わしのまけじゃ」

「え？」

突然トニーさんが敗北を宣言した。

「なんでですか……」

まだトニーさんは戦えるように見えた。

「足じゃよ。避けきれたと思ったのに、足に当たってしまった」

「……」

「今の状態でノアくんと戦うことはできない」

「勝者ノア！」

試験が終了したと同時に、歓声が沸く。

「やりおったぞ！」

「あの子は誰なんだ？　護衛として欲しい！」

「私も欲しいわ」

だけど観客の声は聞こえてこなかった。嬉しくない……。落雷《ライトニング》が当たったのは、運でも実力でもない。トニーさんが歳をとっていたからだ。もしトニーさんがもっと若かったら？　こんな状態で喜べるはずがなかった。

周りを見ることができない。なんせ実力で勝ったわけじゃないから……。予定通りなら落雷《ライトニング》で倒しきるはずだった。でも倒しきれなかった。落雷《ライトニング》を撃ち終わった時、勝ったと思い油断していた。でも実際は、足になんとか当たったのみ……。それも歳をとって反射神経が落ちていたから。もし、落雷《ライトニング》を撃ち終えてもトニーさんが敗北と言わずに詰めてくれれば負けていたかもしれない。片足が負傷しているからと言って詰められないわけじゃない。

(クソ)

俯《うつむ》きながら会場を去ろうとした時、トニーさんが俺の腕を上げた。

「観客にサービスせんかい」

「あ、はい……」

腕を上げた瞬間、観客が大声を上げる。

(素直に喜べない……)

「ノアくんはそんなに何を考えているんだ?」

「それは……。最後に放った魔法が……」

「落雷《ライトニング》のことか。いい魔法じゃったぞ。あんなにスムーズに連続で魔法を使うことができる奴などそういない。自信を持ちなさい」

「でもトニーさんは避けられたじゃないですか……」

そう。完璧なタイミングだと思った魔法を避けられた。自信を持てと言われて「はい」と言えるはずがない。

「あれは運がよかっただけじゃよ。しかも足だけは避けられなかった」

「それはご年齢が」

「歳も含めてわしの実力じゃ。それに歳をとった相手と戦うのも練習の一環じゃよ。シャキッとせんかい！　周りを見てみなさい。ノアくんのことをみんな認めてくれたじゃないか。これじゃ満足いかないのか？」

トニーさんに背中を叩かれて周りを見回す。観客が俺とトニーさんを見ながら拍手していた。

「ノアくんはわしに勝つことが目的だったのか？　違うじゃろ？　みんなに認めてもらうためにこの試合があったんじゃないか？　ノアくんは若い。今後もっと強くなるだろう。だったら、この試合を糧にして、もっと強くなればいいじゃないか」

そうだ。俺の目的は国民のみんなに認めてもらうこと。ごちゃごちゃと何を考えていたんだ。トニーさんに言われた通り、今後強くなればいいじゃないか。今回の試合を活かしてルビアを守れるようになればいい。

「はい。ありがとうございます」

観客の声援を受けながら、闘技場を後にした。会場内の休憩所で一息ついていると、ルビアが走ってきて抱きついてきた。

「おめでとー。信じてたよ！」

「あぁ。応援ありがとな」

「うん！」

ルビアに抱きつかれている状況で国王様と王妃様、父さんが遅れてやってきた。

「まだルビアはやらんぞ」

「え？」

ルビアをやる？　それって、もしかして……。

「まあ冗談はここまでにしておいて、おめでとう」

少しドキッとしてしまった。もし本心で言ってくれていたとしても、身分が違う以上、俺とルビアが結婚できるわけがない。

「ノアくんおめでと。これでルビアの護衛ができるわね」

「国王様、王妃様、ありがとうございます」

「これで君がルビアを護衛することを国民に伝えることができる」

「ありがとうございます」

よし。これでルビアに仕えることができる。

「じゃあ、今から発表に行こうか」

「え？　今からですか？」

なぜ今なんだ？　明日でもいいのに……。

「そうだ。観客や魔法の放映で見ている国民は今、ノアくんを認めている。絶好の機会じゃないか！」

「そうね！」

「うん！」

言われてみればそうか。明日、明後日と伝えるのが遅くなるにつれて、俺への信頼度は薄れていく。

(でも今からか)

「じゃあ行こっか！」

「あぁ」

ルビアに手を引かれて、もう一度、闘技場に向かった。

会場に戻ると、先ほどの歓声はなくなっていた代わりに、俺たちに視線を送ってきていた。

(こんなにいたのか……)

さっきまでは緊張していたのと、勝てなかったという感情で、会場全体を見回すことができなかったため、ここまで観客がいることに驚く。そしてルビアや国王様、王妃様、父さん、トニーさんがそろうと、

「今から授与式を始める」

国王様が会場にいる人に言う。すると観客たちが次々とざわつき始める。授与式などは王室などで行うことが主流のため、模擬戦の会場で行われることに驚いているんだろう。

「先ほど対戦した二人は前へ」

「「はい」」

国王様の前にトニーさんと一緒に立つ。

「聖騎士及び十二騎士トニー・ブラウン。負けはしたがよい試合であった。明日よりローリライ王国の指南役を命ずる」

「ありがたき幸せ」

知らなかった。トニーさん、指南役になるんだ……。もしかして俺だけでなくトニーさんも、試験官ではなくて、普通に試験を受けてたってことか？　まあ今後、トニーさんと関わることがありそうだし、剣技など教えてもらおう。

「次にノア・アリアブル。先ほどの試合、見事であった。明日より我が娘であるルビア・ローリライの護衛役を命ずる」

「ありがたき幸せ」

トニーさんもこう言っていたし、合ってるよな？　もし間違えたら、観客である貴族たちや、放映で見ている国民に悪い印象を与えてしまう。

「そしてもう一つ。私の護衛——リアム・アリアブル。ここまでよく仕えてくれた。報酬として、アリアブル家に男爵の爵位を与える」

「……」

え？　今なんて言った？　俺の家が男爵家？　父さんそんなにすごいことしていたのか!?

「謹んで拝命致します」

「授与式の終了を宣言する」

国王様がそう言うと、貴族の方々が騒ぎ出す。

「アリアブル家って何？」

「分からん。でも男爵家になったってことは、それだけすごいことしたんでしょう」

「さっき模擬戦をしていたノアって人もアリアブルって名字だけど、親子なのか？」

「どうなんだろう？　でもすごいことだな。最近、貴族になった例はなかったから」

俺を含め闘技場にいた全員で会場を後にする。観客の声が聞こえなくなったところで、父さんの横に立って、

「父さん。そんなすごいことしたの？」

「別に何もしていない。でも爵位をもらえたってことは、護衛というのはそれだけ死の危険と

隣り合わせってことだ。ノアも明日からそうなるのだから覚悟しておけよ」

「うん」

父さんに言われて実感がわいてくる。本当に明日からルビアの護衛役になるのか。

「あと一つ。これは護衛をしている先輩としてだ。絶対に護衛している人を死なせるな。それが、大切な人と天秤にかけられた状況でもだ」

「分かった……」

大切な人……。俺にとって、そんな人はほんの少ししかいない。でも分かっているつもりだ。

ルビアは俺の命に代えても助ける。父さんのもとから離れると、すぐルビアが近寄ってきて、

「明日からよろしくね。護衛さん！」

「よろしく。いや、よろしくお願いします。お姫様」

「うん！」

こうして俺の護衛が始まった。

◆◇◆◇◆

私には唯一同年代の友達がいた。幼馴染であるノア・アリアブル。小さい頃から親の関係で、

何度も遊んだ。だからノアが悲しんでいたり、辛そうにしている顔はすぐに分かる。でも小さい頃の私はノアの苦しみを知らなかった。だから無邪気に遊びに誘っていた。

ノアの子供時代を知ったのはつい最近だった。子供の頃のノアがどれだけ辛かったのか、私には分からない。毎日のように鞭で打たれて苦痛の訓練を受けたり、電気で死なないように電流を浴びせられたり……。他にも毒への耐性をつけるため、少量ずつ飲まされていたり、いろいろとやらされていたと聞く。

なんで私がノアの過去を聞いたのか……。それはふと昔のことを思い出したから。一時期、無理して笑顔を作りながら私のところに来たことがある。その時の目に光がなかったのを今でも覚えている。

昔のノアが言っていた。

「人や動物、魔物とか、いろいろなものと友達になりたい！」

その時の私も、

「じゃあ動物とか殺そうとしている人がいたら倒しちゃお！　そしてその人にも、私たちの気持ちを知ってもらえばいいんだよ！」

「そうだね！」

なんであんな風になってしまったのか……。それはノアの家業が暗殺者だから。魔物や動物も殺すし、人だって殺す場合がある。それを体験してしまったのだろう。

小さい頃の私は、ノアに幸せになってほしかった。あんな顔をしてほしくなかった。だからあんな顔をした時からうっすらと、ノアを守ってあげたいと思っていた。

ノアの子供時代を聞いた時、その気持ちが確信に変わった。ノアが悲しんでいる時、わたしが近くにいてあげようと思った。それからノアがギルドに行くと知って、毎日こっそり王宮を抜け出してノアを観察していた。

勇者パーティに入ったノアは最初こそ楽しそうにしていた。けれど日が進むにつれて、徐々に辛そうな顔になっていった。

（たぶんノアは気付いていないだろうけど……）

それから一カ月ほど経った時、ノアが広場でうずくまっているのを見かける。いてもたってもいられなくて、話しかけに行ってしまう。

本当は見守るだけのつもりだったのに、あんなノアを見たら体が勝手に動いてしまった。話を聞く限り、勇者パーティを追放されたと……。

予想はついていた。でもパーティを抜けさせるにも方法があるでしょ！　追放ってやり方に納得いかなかった。もっと円満に辞めさせてあげれば、こんなにならなかったのに……。だから一つ提案をした。

「私の護衛をやらない？」

たぶん一番勇気を出した日だと思う。でもそれ以上に、ノアを見ていられなかった。それにノアなら護衛をきちんとやってくれると信じてた。

そこからはあっという間だった。パパとママに相談したら、ノアに試験を受けさせてくれる約束をしてくれて、ノアもそれに応えるように、強敵である聖騎士に勝ち、私の護衛をすることになった。

模擬戦だったから、観客に見られて戦う。そのため暗殺者として戦うことができなかったのが分かった。たぶん観客にノアの実力を分かりやすく理解してもらうために戦ったんだと思う。

トニーさんと戦っていた時のノアもかっこよかった。だけど今後は、暗殺者としてのノアが見られるかもしれない。

（かっこいいノアが見られたらいいな）

3章　お茶会

ルビアの護衛を始めて早二カ月が経った。

（暇だ）

そう。やることがない。この二カ月間、ルビアが危険な目に遭うことがなかった。まあ当然だ。王宮には騎士や魔法使いがいる。そうそうルビアが危険な目に遭うことはない。だから昼間はルビアの近くに立っているだけ。夜はルビアの部屋を監視する。そんな日常が続いていた。

勇者パーティの時は毎日クエストを受けて大変だったけど、今思えば順風満帆だった。それでも、勇者パーティにいた時は精神的に辛かったから、まだルビアの護衛をしている方が楽しい。

「ノア！　来月お出かけするから、予定空けておいてね」

「ん？　どこに行くんだ？」

「エーディリ王国で貴族のお茶会があるの。私も隣国の王女として行かなくちゃいけなくて」

「分かった。でもそういうのって、第一王女のマヤ様が行くんじゃないのか？」

マヤ様とはあまり面識がない。だから幼馴染ってわけでもない。ましてやルビアと話すようにため口を使うなんてもってのほかだ。

「マヤ姉は再来月まで魔法都市スクリーティアに行ってるから無理よ」

「そうなんだ……」

だから見かけなかったのか……。

ルビアとマヤ様は四つ離れている。俺とルビアは十五歳だから、マヤ様は十九歳ってことだ。

だとしたら……。

「ルビアってもしかして、半年後からスクリーティアに行くの？」

「うん。ローリライ家は代々十六歳でスクリーティアに行って社会勉強することになってるの」

「あ、そうなんだ」

「うん！　だからノアも私の護衛としてスクリーティアに行くんだよ？」

「分かった」

まあそうだよな……。別にこの国にとどまりたいわけじゃないけど、スクリーティアに行ったらより一層、ルビアが危険になる可能性がある。

「護衛は俺だけ？」

「違うよ。護衛役一人、執事役一人の計二人を連れていくことができるの。それに、スクリーティアには別荘の屋敷があるの。護衛の騎士と使用人がたくさんいるのよ」

専属で二人ってことか……。護衛役は俺だとして、執事役は誰になるんだ？

「じゃあ執事役をどうするかってことだよな」

「そうね。まあそれには考えがあるわ。楽しみにしててね」

「分かった」

楽しみにしててねか……。何を楽しみにするんだ？


ルビアの護衛時間が終わり、王宮内でスクリーティアのことを調べ始める。世界最大級の魔法都市国家であり、魔法の研究と教育に関しては世界一。世界中からやってくる若者に魔法を教える魔法学園を有する都市国家だ。魔法学園と言っても、貴族科、執事科など魔法科以外にも力を入れている。そのため他国の王族、貴族も多数在籍している。貴族科、執事科などと魔法科は棟が違うらしい。

（たぶん、ルビアは貴族科だろうな）

でも護衛の人はどこの科に入るんだ？　まあ行ってみれば分かるか……。

少し調べ物をしていたら、すっかり外が真っ暗になっていた。

（あと、数時間後には護衛時間が始まるし、早く家に帰って寝よ）

次の日。どういうわけか来月のお茶会は、俺が執事役として参加することになった。だから今日から、執事になるための訓練を受ける羽目になった。

なんで……。ここには執事なんてわんさかいるのに……。俺に執事なんて無理だよ。そう思いながら、執事になるための教育が始まった。

ルートさんに個室へ連れて行かれて、基礎的な練習が始まる前に質問される。

「まず、執事とは何だと思いますか？」

何だろう……。護衛とたいして変わらないイメージだけど。護衛は主人の身の安全を守る人なのに対して、執事は主人の雑用及び相談などを受ける人だと思う。

「主人の近くに常にいて、頼まれたことをやる人でしょうか？」

「まあ間違ってはいませんね。執事とは、主人が頼みそうなことを常に予測してかなえる人。そして家などの家事全般を仕切る人です」

「家事全般を仕切る人？」

「そう。例えばローリライ家にはたくさんのメイドがいます。だけど指示する人がいなければ、何をやればいいか分かりませんよね。だから、そのような指示をすることも仕事の一環。そして主人が危険な目に遭ったら盾になる役割もしています」

言われてみればそうか。いつもルートさんがメイドたちに指示を出している。それが家事全般を仕切る人ってことか。あと、危険な目に遭ったら盾になるって言ってたけど、それって護衛役がやることじゃないのか？

「盾ですか……」

「はい。もし主人が殺されそうになった時、大抵は執事が身近にいるものです。近くにいるのが仕事ですからね。そして護衛が助けに来るまでの間、主人を守る人はいません。だから執事が盾になるんです」

そっか。ルビアは執事がいなかったから分からなかったけど、普通は専属執事がいるもんな。

「だから主人のことを第一に考えて行動してください。執事の恥は主人の恥でもあるのですから」

「分かりました」

心構えは護衛と一緒だな。でも執事って、思った以上に大変じゃないか。俺に務まるのか？

「じゃあ練習を始めましょうか」

「はい」

「まず、立ち振る舞いから学んでもらいます。これは護衛と一緒ですが、執事は主人と一緒に歩いてはいけません。絶対に一、二歩後ろを歩くこと。そして歩き方ですが」

ルートさんがそう言うと、俺に近づいてきて指導に入った。歩く時や立っている時など全てにおいて背筋を伸ばして立つこと。それが少しでも崩れてはいけない。そしてお辞儀をする時は絶対に左手が前、右手が後ろであること。

他にもいろいろとご指導を受けた。最初こそ簡単だと思っていたが三十分ほど経つと、

「背筋が崩れていますよ」

「すみません」

「最低四時間は、背筋を伸ばすことができなくてはいけません」

なんでだ？　俺は首を傾げてしまう。

「午前と午後の間にお昼休憩があると思います。その概ねの時間が四時間です」

そういうことか。

「ありがとうございます」

その後、徹底的に、背筋を伸ばし続けることだけ数時間練習させられた。

(疲れた……)

やっと終わった。それにしても、背筋を伸ばし続けるってこんなに大変なんだな……。

こんな日々が半月ほど続いて、やっと最低限度の立ち振る舞いや言葉遣いなどができるようになった。本番まであと二週間……。

(本当に大丈夫かな……)

不安に思いながら執事の練習をしていると、ルビアがニコニコしながら俺の元にやってきた。

「ノア頑張ってる?」

「うん」

「そっか！　じゃあ私は部屋に戻るけど、頑張ってね！」

ルビアはそう言ってこの場を後にした。

(俺のために見に来てくれたのか)

分かっているようで分かってなかった。護衛として雇われたのは実力があるから……。俺でなくてもいいのかもしれない。そう思っていた。でもルビアが笑顔で見に来てくれて気付く。

小さな頃は、暗殺者として一人前になるために毎日過酷な練習をしていた。その時は応援してくれる人はいなかった。できて当たり前。できなくちゃ存在意義がない、そう思っていた。でも今は違う。俺を応援してくれる人がいる。もしできなくても、必要としてくれる人がいる。そう思ってくれる存在ができた。いや、見つけた。

だからこそ、期待してくれる人に応えたい。

そう気付かされた日から一層、毎日執事の練習と護衛の仕事を両立しつつ、頑張ることができた。最初こそ背筋を伸ばしつつ何かに取り組むことの難しさに悩まされていたが、次第に慣れてきた。そこで気付く。

（背筋を伸ばすのって本当に大切なんだな）

背筋を伸ばすことによってまず視野が広がった。王室で働いている人が何をしているのかが今までよりはっきり分かるようになった。そして護衛をしている時、ルビアは何を見ているのか。何をしたいのか。それが分かるようになってきた。また、背筋が伸びていないということは姿勢が悪いことを意味する。それは自然に体へ負荷がかかっているということ。でも背筋を伸ばすのを意識し始めてから、疲れることが減った。

今まで戦うための基礎ばかり教わってきたけど、日常生活で行っている行動一つ一つを直すことで、ここまで変わることが分かった。


そしてあっという間に、隣国であるエーディリ王国に向かう日になる。いつもなら普段着で行くのだが、今回は護衛兼執事として向かうため、燕尾服《えんびふく》を着ている。ルビアもいつもとは違いドレスを着ている。

（本当に執事として行くんだな……）

練習の時も何度か燕尾服を着たが、あまり緊張しなかった。でも今は違う。ルビアや俺を含め、大半の人が正装をしている。

(緊張してきた)

初めての執事。それに加えて護衛の仕事もある。そう思うと、今まで感じなかった不安がこみ上げてきた。ルビアが馬車に乗った後、俺も一緒の馬車に入る。

「ノア似合ってるね!」

「ルビア様こそお似合いですよ」

敬語で話すと、ルビアはしゅんとした顔で俺に、

「なんで敬語なの……? ため口でいいのに……」

「今から向かう場所には多数の貴族がいらしておりますので、敬語で話させていただいております」

今敬語で話さなかったら、向こうでもボロを出してため口でルビアに話しかけてしまうかもしれない。それだけはやっちゃいけない。俺はローリライ王国第二王女の執事として行く立場。俺の行動一つ一つがローリライ家と繋がっている。もしミスでもしてしまったら、ローリライ家の名前に泥を塗ることになってしまう。それだけはダメだ。

「でも……。まだ誰もいないよ?」

今乗っている馬車にはルビアと俺しか乗っていない。だからそんなに早くからやらなくてもいいと言っているのかもしれない。

「だからですよ。誰が見ているか分からない以上、気を引き締めなくてはいけません」

「だからって……」

ますます悲しそうな顔をし始めた。そんな顔するなよ。俺はまだローリライ国内にいることを確認して、

「ルビア。俺はお前の幼馴染だ。だから敬語なんて使いたくない。でも今回は別だ。ローリライ家の名前を背負ってるからな。だから今回だけな？」

「分かってるけど」

「じゃあどうすればいい？」

「国に帰ったら、ノアが何でも私の願いを一つ叶えること！」

え？　それ重くない？　ルビアの願いなんて叶えられるか？　王女なんだから、願いなんてないと思うんだけど……。まあそれで納得してくれるなら。

「分かった」

「うん。約束だからね！　忘れないでよ！」

「あぁ」

ルビアがご機嫌になったのを確認して、エーディリ王国に向かった。

（それにしても、そんなにお願いあったのか？）

この時、帰国したらルビアからとんでもないことを言われるのを、まだ知らなかった。

ローリライ王国からエーディリ王国まで馬車に乗って一週間ほどかかるため、護衛役として一番気を張る時間である。でもそんなことはお構いなしに、ルビアは暇そうに外を見ている。


初日、二日目こそおとなしくしていたが、三日目に突入した時、

「もう無理！　つまらない！」

「そう言われましても……」

周りをキョロキョロ見回して、今にも不満が爆発しそうだった。いつもなら本などを読んでおとなしいのに、遠出になると無理そうだった。まあ予想はついていた。ルビアにとってローリライ王国を出るのは久々すぎるから。まあ俺もそうなんだけど……。

「あ！　そうだ。ノア、私に魔法を教えてよ！」

「魔法ですか？」

「うん！　私、魔法を使ったことないの。でもスクリーティアに行ったら魔法を教わるんだし、ここで教わってもいいよね？」

まあ基礎的なことならいいか……。索敵魔法——円《ラウンド》を使い、周囲に警戒網を敷く。

「分かりました」

「やった！　何から教えてくれるの？　やっぱり火？　水？　それともノアの得意な魔法？」

「教えるのは魔法の本当の基礎ですよ」

「え〜。つまんない。もっと実践的なことを教えてよ」

そう言われても、馬車の中で魔法を使うわけにもいかないし……。

「ルビア様が積極的に学ばれましたら、最終日ぐらいには魔法をお見せしますよ」

「本当！」

するとニコニコしながら教わる態度になる。

「ではまず、基礎属性の魔法には何があると思いますか？」

「火、水、土、風、光、闇かな？」

ルビアがちゃんと答えられたことに驚く。普通、戦闘に参加しない王族や貴族、一般市民は基礎属性を全て知らないのが過半数である。だからこそ、ちゃんと勉強していると感心する。

「はい。合っています。大抵の魔法はこの基礎属性の魔法を組み合わせることでできますが、基礎属性だけではできない魔法もあります。それが無属性魔法《ユニーク》です」

「無属性魔法《ユニーク》？」

首を傾げながら尋ねられる。

「はい。無属性魔法《ユニーク》は言わば、その人個人が持っている固有魔法です」

「それって、その人しか使えないってこと？」

「半分正解で、半分は不正解です。世界で一人しか使えない固有魔法もあれば、ある家で代々受け継がれる魔法もあります。なので私の家にもありますし、ローリライ家にもあると思います」

そう。俺の家にもあるが、そのような家は少ない。だから、そうそう固有魔法を持っていると言ってはいけない。だけど俺はルビアに命を託した。だったら嘘偽りなく言うのが礼儀というものだろう。

「そうなんだ。じゃあノアは無属性《ユニーク》魔法を使えるの？」

「はい。ですが今は、あるということだけ知っていただけたらいいと思います」

「うん。今度見せてくれる？」

「機会がありましたらお見せしますよ」

「分かった」

俺の家に代々続く無属性《ユニーク》魔法は、一人に対して使う魔法ではなく、複数人を相手にする魔法だ。だから、そうそう見せるわけにはいかない。だけど、なんで俺の家の無属性《ユニーク》魔法が複数人対象なのかは分からない。暗殺一家なら、一人に対する無属性《ユニーク》魔法であると思うはず。俺だってそう思っていた。でもその無属性《ユニーク》魔法を教わった時、なんとなく暗殺者と近い魔法だなと思った。

「では魔法とは、どうやって使えるようになると思いますか？」

「う～ん。頑張る？」

……、誰だって頑張るだろ！　と心の中でツッコミを入れた。

「いくつか言われてはいますが、人族なら、大気中に含まれている魔素を体内にある魔素と組み合わせることによって魔法が使えると言われています」

「へ～、って無視しないでよ！　頑張らなくてもできるの？」

そこ掘り返すか⁉　せっかくスルーしたのに。

「頑張るのは当然です。ルビア様が言っているのは間違っていませんよ」

「でしょ！」

「はい……」

そんな精神論を堂々と言われても、なんて答えていいか分からないだろ！

「それで他に言われていることとしては、例えば妖精族《エルフ》。この種族は精霊の力を借りて魔法を使うと言われています」

「精霊っているの？」

「そうですね。実際にいたと本には書いてありますが、現代ではおとぎ話に近いです」

「そっか」

精霊使いがいたと本に記載されているのを見たことがある。だけど現代に精霊使いがいるわけではない。いや、俺が知らないだけかもしれないけど。


そこから毎日のように魔法の基礎を教えていき、あっという間に最終日になった。

「今日が最終日だよ？　ノア、魔法を見せてよ」

「約束しましたのでお見せしますよ」

ルビアは毎日真剣に話を聞いてくれた。だったら俺もそれに応えなくちゃいけない。

「やった！」

「ですが、その前に、ルビア様の適性属性を知りたくはありませんか？」

「え？　分かるの⁉」

本当はダメだけど、ここまで頑張ってくれたんだから、これぐらいいいだろう。

「はい。これに、唾液でも汗でも何でもいいので、つけてみてください」

そして俺は一枚の紙をルビアに渡した。この紙に自分の体液を染み込ませることによって適性属性が分かる仕組みになっている。

俺が教えた通りにルビアが唾液をつけると、紙が光りだす。それにルビアは驚いて紙を床に落としてしまう。それでも紙は光り続けていた。

（ルビアは光が適性属性なんだ……）

「え？　どういうこと？　この紙が光りだしたんだけど!?」

「はい。ルビア様は適性属性が光だということです」

「そ、そうなんだ。驚いて落としちゃったけど大丈夫？」

「はい。でもすぐに魔法は消えるはずなのですが、消えないですね」

普通なら体液を魔法紙に付着させると属性が分かる。だけどすぐに魔法紙の効力は消えてしまう。だから、すぐに魔法が消えるはずなんだけど……。

「それってまずいことなの？」

「いえ、おそらくルビア様と光属性が密接な関係にあるため、魔法が消えるのが遅いのではと思います」

適性属性というのは自分が一番使いこなせる魔法のこと。自分と一致していればいるほど、魔法の威力は強くなる。

「よかった。じゃあ悪いわけじゃないんだ……。ノアは何が適性属性なの？」

「私は闇ですよ」

「闇魔法か〜。どんな魔法があるの？」

「そうですね。例えば視界を奪う魔法や存在感を消す魔法、他には重力魔法などです」

「へー。使ってみてよ」

そう言われてもな……。他属性の魔法なら馬車の中でも使って大丈夫なんだけど、闇属性となると、外に出なくてはいけない。

「いいですけど、闇魔法を使うには外に出なくてはいけませんので、エーディリ王国に着いてからでもよろしいでしょうか？」

「うん！」

ルビアに納得してもらったところで、もう少し魔法のことを教える。

「先ほど適性属性が分かりましたが、適性属性以外にも魔法を使うことはできます」

「え？　そうなの？」

「はい。生物には魔素を分解する能力が備わっているため、理論的には一つの魔法以外全て使うことができます」

「じゃあノアは何が使えないの？」

「はい。私は光です」

「なんで光？」

「ではそこから説明していきます」

ルビアに基礎属性の対極性について説明を始めた。

「基礎属性は先日説明した通り六種類あり、一人一つの適性属性を持っています。ですが、基礎属性の話を聞いて何か感じませんでしたか？」

「え？　何も？」

「では紙に書きますね」

紙に、どの基礎属性が対極になっているかを示す。火なら水、風なら土、光なら闇。

「なんでこうなの？」

「水なら火を消すことができます。逆に水を火で消すことはできません。これは知っていますよね？」

「うん」

「なので、火の魔素と水の魔素が自然に打ち消し合ってしまい、使うことができません。他も同様で、風は高所になるにつれて強くなっていきますが、土は常に地面にあります。これは風の魔素と土の魔素が打ち消し合ってしまうからです」

「そっか。光と闇は？」

「これは太陽と月をイメージしてもらえればいいと思います」

太陽が昇っている時は光（陽）。月が出ている時は闇（陰）である。これは、こうであるとしか言えない。

「じゃあ私は闇魔法が使えないってこと？」

「そうなります」

「ノアが使ってる魔法を使ってみたかったのに……」

ルビアが言い終えたところで、円《ラウンド》が反応した。

「⁉」

「どうしたの？　そんな顔して」

「ちょっと外を確認してきます。中で待っていてください」

「うん？」

馬車を止めてもらい周りを確認する。すると、百メートルほど先の森の中で魔物に襲われている人がいた。

すぐさま、全部の馬車を止めてもらう指示を出してルビアのもとに行く。

「ルビア様、およそ百メートル先で魔物に襲われている人がいます。どうなさいますか？」

いつもなら走って助けに行くが、今は執事兼護衛である俺にその権利はないし、そのような行動をとってルビアが危険な目に遭ったら俺の意味がなくなる。

「え？　助けに行こうよ！」

「分かりました。では私一人で向かいますので、ここでお待ちいただけますか？」

俺一人で向かえば、ルビアが危険な目に遭う可能性は低くなる。するとルビアが心配そうな顔で、

「一人で大丈夫なの？」

「はい。任せてください」

「死なないでね？」

「分かっております。では行って参ります」

俺はすぐに馬車を出て魔物たちの方に向かう。到着すると、そこには魔物と妖精族《エルフ》の死体が転がっていた。すぐさま近くにいる妖精族《エルフ》の方に話しかける。

「大丈夫ですか？」

「あぁ……。それよりも姫を……」

指差す方に目を向けると、まだ魔物と戦っている妖精族《エルフ》がいた。

「分かりました」

すぐさまそちらに向かい、短剣を抜いて、魔物が妖精族《エルフ》を標的にしている間に倒していく。

数体が俺を標的にしてきたため、殺気を出して怯《ひる》ませた瞬間に首元を斬っていく。

「え？」

周りの妖精族《エルフ》たちが俺の行動に驚いていた。

「助けに来ました」

「助かる」

妖精族《エルフ》と連携をとって魔物を倒していく。

(数が多い……)

まだ数十体は魔物がいる。ゴブリンやコボルトだけならまだしも、オークやバジリスクなど中級の魔物もいた。このままじゃ、姫という人を助けられないかもしれない。

(あまり使いたくなかったんだけど、しょうがない……)

俺は無属性《ユニーク》魔法を使い、死体から魔物の影を召喚する。アリアブル家の無属性《ユニーク》魔法は影魔法である。そのため、死体から魔物の影を召喚することができる。

「お前……」

妖精族《エルフ》の一人が俺を睨《にら》みながら言うが、無視する。

(分かっている)

死んだ存在は精霊になると妖精族《エルフ》は信じている。だから死体を使うということは、妖精族《エルフ》にとって侮辱的な行為にあたる。それでも、影魔法を使わなかったら助けられなくなりそうだ。

そこから影たちが魔物を倒していき、あっという間に戦闘が終わった。すると先ほど睨みつ

けていた妖精族《エルフ》が俺のもとにくる。

「助けてくれてありがとう」

「いえ、当然のことをしたまでです」

「今回仲間たちが何人か死んでしまったが、幸い姫が無事であったからよかった。本当に君のおかげだ」

「いえ。それでお願いなんですけど、先ほどの魔法は、誰にも言わないでもらえますか？」

「分かった。他の仲間にも言っておこう」

「ありがとうございます」

もし影魔法の使い手だと知れ渡ってしまったら、ローリライ家の名前に泥を塗る可能性がある。それだけはやってはいけない。今回の件は他言無用ということで話がついたため、俺はすぐさまルビアのもとに帰ろうとする。すると、

「ちょっと待ってくれ。お礼をしたい」

「魔法のことを言わないでいただけるだけで大丈夫ですので」

「少しだけでも……」

「いえ、それでは」

ここでお礼を待っていたら、ルビアたちに迷惑をかけてしまう。だから今回は断らせていた

だいた。それに誰にも言わないでくれるだけで俺は助かっているから、別にお礼なんていらない。

後ろを振り返らずに馬車に戻る。その時、妖精族《エルフ》のお姫様に見られていたのを知るはずもなかった。馬車に戻ると、不安そうな顔でルビアが待っていた。

「遅れて申し訳ございません」

俺がそう言うと、ルビアは胸を撫で下ろしたかのようにホッとした顔で話し始めた。

「無事でよかった。大丈夫だった？」

「はい。魔物を一通り討伐してきましたので大丈夫だと思います」

「そっか」

魔物の影で魔物を討伐してきた。でも影魔法をみんなに知られるわけにはいかない。それは今じゃない。少し外で、死体の匂いを消してから馬車を出してもらった。


一時間ほど経ったところで、目的地であるエーディリ王国に到着した。

エーディリ王国はローリライ王国と違い、自然豊かな街並みになっていた。街の中に川が流れており、川の周りの家がカラフルであった。お茶会は明日なので、今日は特にやることがない。すると、

「ノア！　街を見て回ろ！」

「分かりました」

ルビアと一緒に街の中を歩き始めた。本当なら護衛を数人つけなくてはいけないのだが、今回はルビアが一人でも行ってしまいそうな勢いであったため、諦めて二人で回り始める。

「ねえねえ！　あれ！　すごく綺麗じゃない？」

ルビアが指していたのは綺麗な湖。

(本当に綺麗だ)

「はい」

お互い湖に見とれてしまう。青みがかった水に、光の反射で木や山などが映っていた。

「こんな場所、ローリライ王国にはないもんね」

「はい」

少し怒った雰囲気でルビアが言ってくる。

「ねえ！　敬語止められないの？」

「仕事ですので」

「ふーん」

少し不機嫌になりながらも街の見学を続けた。屋台に行って、果物を買って、噴水のある広場で食べ始めた。

「久々にこんなもの食べたな～」

「それはよかったです」

本当はこんなものを食べさせちゃいけないのだが、昔のことを思い出すと、どうしても止められなかった。よく昔は下町に行っていろいろなものを買って食べていた。その時のルビアはいつも満面の笑みで食べていた。お互い食べ終わったところで時間を確認する。

(もうこんな時間か)

あっという間に一時間経っていた。これ以上遅れるとみんなが心配して探しだすと思ったので、

「帰りましょうか」

「え～。もうちょっとだけ?」

「ダメです」

「ケチ。じゃあ最後にもう一つだけ」

(まあ一カ所だけなら)

ルビアの後をついていき、冒険者ギルドに到着する。二つの塔の間に円形の建物が組み合わさっている。

「前はノアもここを利用していたんでしょ?」

「はい」

ここのギルドは利用したことがないが、勇者パーティにいた時はよく冒険者ギルドを利用していた。ここのギルドや他の街にあるギルド、今まで行ったことのあるギルド全てが派手で立派な建物であった。

（懐かしいな）

あの頃は毎日のように冒険者ギルドに行って、みんなとクエストを受けていた。そのことを思い出すと、楽しかった感情と追放された悲しい感情がこみ上げてくる。

「ノア大丈夫？」

「はい。大丈夫です」

深呼吸をして気持ちの整理をする。

（よし）

「では宿に帰りましょうか」

「うん」

冒険者ギルドも、見たことだし、宿に帰ろうとした時だった。

「それにしてもこのギルドは綺麗だな」

「はい！　護衛の依頼を受けてよかったです」

（なんで……）

なんで、あいつらがここにいる……？

「ノア本当に大丈夫？」

「だ、大丈夫です」

全身から血の気が引いていくのが分かった。するとオリバーたち勇者パーティが俺とルビアに気付いて、笑みを浮かべながらこちらに近寄ってきた。

「ルビア様。お久しぶりです」

「はい……。えっとオリバー様でしたよね？」

するとオリバーは笑いながら俺の顔を見る。

「名前を覚えていただけて光栄です。それよりも、こんな奴を連れて何をしているのですか？」

「ノアと散歩ですよ」

「こんな奴とですか？　でしたらこんな奴は放っておいて、俺たちと回りませんか？」

（こいつ……）

大切な人を奪っていくのか……。そう思ったら怒りが込み上げてきた。すると、ルビアがオリバーに尋ねる。

「こいつとは、ノアのことを言っているのですか？」

「はい。こんな奴といても危ないだけじゃないですか」

「それはなぜですか？　特に危ない目になど遭っていませんよ？」

するとオリバーがニヤッとしながら続ける。

「こいつは暗殺者なんですよ？　それはルビア様も分かっておられますよね？　だとしたら、いつ命の危険に晒されてもおかしくないってことですよ」

(!?)

こいつ……。別に、暗殺者が全員悪いことをしているわけじゃないだろ！　普通の騎士たち同様に暗殺者だって冒険者になるし、その技術を悪いことに使っているわけじゃない。そりゃあ人や動物、魔物を殺す技に特化してはいる。だけど、それを人に向けて使っている暗殺者なんて全体の何パーセントだと思ってるんだ！

「私はノアのことを信用しているので別に大丈夫です。お気遣いなく」

ルビアの言葉にホッとした。

「一つ質問してもいいですか？」

「はい」

「ノアのことを護衛として雇ったというのは本当ですか？」

「はい」

ルビアの答えに、オリバーは徐々に顔が険しくなっていく。

「それはなぜ？」

「私がこの人を信用できると思ったからです」

「それが暗殺者でも？」

「はい」

するとオリバーは俺を睨みつけながら、ルビアに言う。

「そうですか。絶対に俺が目を覚まさせてあげます」

こいつは何を言っているんだ？

「別に大丈夫ですよ？」

「いえ、絶対に助けますので、お待ちしていてください」

そう言ってオリバーたちが去っていこうとした時、俺を睨みながら耳元でささやく。

「どんな手を使ったか知らないが、催眠魔法を使ってルビア様に近寄るなんて、卑怯にもほどがあるぞ。絶対にお前の化けの皮をはがしてやる」

「……」

そう言って俺たちのもとを去っていった。するとルビアが言う。

「戻ろっか。気にしなくて大丈夫だよ？　私はノアのことを信じてるから」

「ありがとうございます。私もルビア様のことを信じていますので大丈夫です」

「そっか！」

この後は特に何もなく一日が終わった。

（それにしても、オリバーは俺がルビアに催眠魔法をかけたと思っているのか？　だからあんなに高圧的だったのか？）

◆◇◆◇◆

この時、勇者パーティは、エーディリ王国で護衛のクエストを指名されて受けたため、エーディリ王国に向かっていた。

あいつと会ってしまった。なんであいつがここにいるんだよ！　そう思った瞬間、隣にローリライ王国の王女《ルビア》が立っていることに気付く。

（あいつ、本当にルビア様の護衛をしていたのか？　あんな奴が？）

そう思った瞬間、ノアに対して怒りがこみあげてきて、思わず責めるようにルビア様に問いかけてしまった。それでもルビア様はノアのことを信用しているとはっきり宣言された。

（なんでだよ？　あいつは暗殺者だぞ？　ルビア様の近くにもっといい人材がいただろ）

今まで俺たちのパーティで貢献はしてくれたが、あいつは暗殺者であることを忘れちゃいけない。あいつがいる時点で命を狙われる可能性があるってことだ。それが暗殺者なんだから。

それにしても、ルビア様はなんであいつといるんだ？

「ノアのことを護衛として雇ったというのは本当ですか？」

すると躊躇《ちゅうちょ》なく肯定された。

（は？）

普通、誰だって暗殺者と聞いたら、そいつと関わることに迷いが出てくるはず。なのになんで迷いなく言えるんだよ。

（そうか）

ノアに催眠魔法をかけられているんだ。だから迷いなく言えるんだよな。そうだ。だからあいつのことを護衛として雇ったんだ。

（助けてあげなくちゃ）

俺は勇者。だったらルビア様も救わなくちゃいけない。そしてこの人もパーティに加えよう。そしたら今後、催眠魔法をかけられる心配もなくなる。

美しいルビア様があいつの近くにいるのはおかしい。俺が先に目をつけていたんだぞ？　あいつには、それなりの報いを受けてもらわなくちゃだよな？

俺はノアにどうやって報いを受けさせるか考え始めた。

◆◇◆◇◆

馬車の中でノアに毎日魔法を教えてもらえて楽しかった。あんな時間、子供の頃以来だった。歳を重ねるにつれて、私と一緒に話してくれる同年代が消えていった。たぶん私が王族だから……。でもノアは違った。いつも同じ目線で話してくれた。

（それがどんなに嬉しかったか、ノアは知らないだろうな……）

友達と言える存在がいないわけじゃない。でもそれは社交場での関係であり、それは本当の友達じゃない。だからノアの存在がどれだけ私の支えになったか……。

だから今回開催されるお茶会も、ノアに執事をしてもらうことにした。いつもなら顔色の窺い合いで憂鬱な時間だと思っていたけど、ノアが近くにいてくれるなら。そう思えるだけで頑張ろうと思えた。

そこから毎日ノアは執事の練習をしていたけど、何気にそつなくこなしていた。

（ノアだから当たり前よね）

ノアは何でもそつなくこなしてしまう。だから今回の申し出も、少し申し訳ないとは思ったけど、ノアならって思った。案の定、ノアは執事の基礎をお茶会までの一カ月で身に付けた。

（本当にすごい！）

でも不満なところもある。私に敬語で話すこと。執事だからって、エーディリ王国についてから敬語を話せばいいじゃない！　まあノアが何でも一つ言うことを聞いてくれるって言ってくれたからいいけどさ。

そこから馬車に乗ってエーディリ王国に向かう時もノアは敬語で話していたけど、雰囲気は今まで通り友達の時と一緒だった。だから毎日楽しかった。魔法を教えてくれている時のノアは真剣に教えてくれるし、ちょっとカッコいいと思った。でも私がそんな気持ちでいちゃいけないと思い、私も真剣にノアの話を聞く。

適性属性がノアと対極的だったのは残念だったけど、考え方を変えれば、ノアの使えない魔法は私が使えばいいし、私が使えない魔法はノアが使ってくれればお互いを補える存在になれると思い、嬉しく感じた。

でも最終日、近くで襲われている人がいるって聞いて、ノアをそこに向かわせてしまった。本当なら行ってほしくない。友達を、一番信用している人を危険な場所に行かせるなんてしたくない。でも私が命じなければノアは行くことができないし、困っている人を助けるのは王族として、いや一人の人間として当たり前のこと。

そこから待っている時間が異様に長かった。いつ戻ってくるんだろう……。本当に生きて帰ってくるよね？　もし死んじゃったら……。そう思うと、不安で押しつぶされそうになった。

そこから何分経っただろうか……。ノアが帰ってきた時、どれだけ安心したことか。

その後は何事もなくエーディリ王国に着いて、わがままを言う。

（これぐらいいいよね？）

私のわがままにもノアは嫌そうな顔一つせず一緒に来てくれた。エーディリ王国の街中を回り終えて、最後にノアがどんなところで働いていたか知りたかったので冒険者ギルドに連れて行ってもらうと、ノアの顔が真っ青になっていくのが分かった。

（どうしたんだろう？）

するとオリバー様たちが来ているのが分かった。そこからは最悪だった。ノアのことはけなすし、私はノアに騙《だま》されているとか言うし。許せなかった。

私とノアの関係を何も知らないのに、変なこと言わないで！　口を出してこないで！　そう思った。だから、勇者が今後私たちのところに来たらどう対処するか考えた。またお父様にもこのことを報告しようと思った。

◆◇◆◇◆

お茶会当日、まずは執事の皆さんたちと顔合わせをする。今回出席するのはルビアとエーディリ王国第一王女のオーラ・エーディリ様、公爵令嬢であるクララ・ロンドール様、そしてゲストで一名が参加することになっている。ゲストについての詳細は言われていないけど、王族と公爵家が関わっているお茶会だから危険な人物ではないだろう。

お茶会の会場である王宮に入る。中はローリライ王国の王宮とあまり変わらず、執事とメイドがたくさんいた。そのため近くにいる執事に伝える。

「ルビア・ローリライ様の執事として参りました。ノア・アリアブルです」

すると、メイドや執事の方々がお辞儀をして、一人の執事が挨拶してくれる。

「私、オーラ様の専属執事をしているリック・ドリロルと申します」

「よろしくお願いいたします」

歩き方一つとっても欠点がない。これが王女の専属執事……。それに加えて、俺を案内している時ですら、周りをきちんと見て、目で指示を出していた。

(すごいな)

案内された部屋に入ると、銀髪女性が一人座っていた。

「お初にお目にかかります。クララ・ロンドール様の専属執事をさせていただいているエリン・ロスと言います」

「ローリライ王国第二王女、ルビア・ローリライの執事であるノア・アリアブルです。よろしくお願いいいたします」

エリンさんはリックさんと違い、優しそうな人。雰囲気から穏やかさがにじみ出ている。それなのに専属執事をしているってことは、仕事になるとスイッチが入るのかな？

「今日はよろしくお願いします。それにしても、あのルビア様に執事がつくとは思いませんでした」

「そ、そうなのですか？」

「はい。結構有名ですよ？　ローリライ王国の第二王女様は執事や護衛を誰一人とらないと」

「そうなんですね……」

知らなかった。ルビアが人を選ぶなんて……。ルビアのことだから、誰でもいい。そう思っていた。でもそれなら、なんで俺が選ばれたんだ？　幼馴染だからか？

「それも男性の執事なんて！　これは相当、ノア様のことを信用しているのですね」

「そうだと嬉しいですね……」

ここでルビアに信用されていますなんて自信満々に言えるはずもない……。それにルビアは信用していると言ってくれたが、どれぐらい信用されているかも分からないし……。

「あと、敬語はやめましょう。私たちはお互い同じ立場。それなのに敬語を使うと疲れてしまうじゃないですか」

「分かりました」

「分かりました、じゃないですよ？　分かった、ですよ？」

いきなり敬語を使うな、なんて言われても無理だろ！

「分かった……」

「うんうん！　よろしくね！　あ、そうだ！　ノアくん聞いてる？」

「何をですか？」

「また敬語になってるよ？」

「ごめん」

しょうがないじゃん！　それにしても、何か知らないことでもあるのか？　そう思っていると、リックさんが部屋に入ってきたので話が中断される。

「では皆さん。今日のお茶会について話しましょう」

「「分かりました」」

リックさんが仕切りながら話が始まる。

「今回のお茶会で最も大切なのは、お嬢様方が交友を深めることです」

「うん」

「はい」

そう。今回のお茶会は、ルビアと他のお嬢様方が交友を深めることが重要。もし今回のお茶会でルビアとオーラ様が喧嘩でもしてしまったら、国際問題に発展する可能性もないわけではない。それは公爵令嬢であるクララ様も同様だ。逆に全員が仲良くなれば今後、国同士で貿易などが伸展する可能性もある。

だから、三人の仲をいかに深められるかが大切なのである。

「そこで私たちの役目は、お嬢様たちが仲良くなるサポートです」

するとエリンさんが言う。

「リックくん。サポートといっても、私たちがやることなんてなくない？」

「あるに決まってるだろ。もしお嬢様が他のお嬢様方にお茶を勧めた時、現物がなかったらどうする？　話がすぐ終わるだろ？」

「でも、すぐ出せない時だってあるよ？」

「それを俺たちでカバーすればいいだろ？　いつものことだ」

「了解！　でもそれって、いつもやっていることじゃない！」

「まあそうだけどな」

あれ？　リックさんとエリンさんは知り合いなのかな？　なんかお互いがお互いを信用している。そんな感じがする。

（なんか、いいな……）

俺もこんな友人が欲しかった。すると突然話しかけられて驚く。

「ノアさんも大丈夫ですか？」

「はい。大丈夫ですが……」

「ですが？」

「私は執事としてまだ一カ月と少ししか経っていないので至らない点が多いと思います。お二人の足を引っ張ってしまうかもしれません」

「あ〜。それはしょうがないよ。それにしても一カ月で執事になれるなんてすごいね！」

「あ、ありがとうございます」

執事の歴が短いと言っても、二人の顔色は悪くならなかった。それで俺がどれだけ救われたことか。その後、全員で会場のチェック、非常事態時の対処法などを話して解散した。少し気になって聞いてみたが、二人とも今回ゲストで来る人のことを知らなかった。

（誰なんだろう）

そう思いつつ宿に戻って、ルビアとお茶会に参加する準備を始めた。

「ノア！　どのドレスが似合うかな？」

「水色がお似合いだと思います」

「分かった！　じゃあ水色のドレスにする！」

するとすぐに部屋を出て、水色のドレスに着替え始める。

(俺が言ったのでいいのか？　もっと他に意見とか聞かなくていいのか……？)

数分待ち、部屋にルビアが入ってくる。

(!?)

綺麗……。ただただその一言に尽きた。金髪にクリアな水色のドレスがとてもよく映えていた。何も言わずにルビアを見てしまった。

「ねえ。なんか言ってよ……。恥ずかしいんだけど……」

「に、似合っています。本当に綺麗です」

「あ、ありがとう」

ルビアの顔がみるみるうちに赤くなるのが分かる。でも俺もたぶん、顔が赤いだろう。

「じゃあ、これにしよっかな」

「はい。いいと思いますよ」

ドレスも決まったので、次は俺の準備に入る。部屋を変えて、執事の方々と集合した時のように燕尾服を着てから髪を整え、ルビアがいる部屋に戻る。

「に、似合っているよ？」

「ありがとうございます」

流石にこの一カ月間、毎日着ているから慣れたけど、そんなに顔を赤くして言わないでほしい。俺も恥ずかしくなるじゃないか。

「じゃあ会場に行こっか！」

「かしこまりました」

お互い着替えが終わったので会場に向かう。

（……）

それにしても可愛い。いつもルビアのことは可愛いと思っている。が、今日は格段に可愛いと思った。ルビアのドレス姿なんて見たことがなかった。まあ当然だ。俺はもともと日に当たるような存在じゃない。勇者パーティに招待されて初めて、みんなに認知してもらえた存在。それなのに今になって見たら、ルビアの護衛兼執事だもんな。

（本当に何が起こるか分からない……）

昔の俺は現状を想像できただろうか。もしあの時、誘ってもらえなかったら、親父の後を継いで昔みたいに精神的に参っていたかもしれない。だからルビアにはいくら感謝してもしきれない。

馬車に揺られて十数分、やっと王宮に到着して中に入る。

「ノアは今日一回来ているんだもんね？」

「はい」

「どうだった？　楽しかった？」

「楽しいかは分かりませんが、有意義な時間でした」

執事の二人と話した時間は俺にとっていい経験になった。今までは家族や冒険者の人たちと話すのが大半だったから、執事としてどんなことをした方がいいかなど、いろいろと勉強になった。

「そっか！　ノアがそう言うなら、執事の人たちもいい人ばかりだったんだね。じゃあオーラ様やクララ様もいい人っぽそうだね」

「そうだと思います」

執事の印象一つで主人の印象が決まる。だからルビアもそう言っているのだろう。俺も二人にとっていい印象であったらいいな。

会場に入ると、すでにオーラ様とリックさん、クララ様とエリンさんがいた。

「お久しぶりです。ルビア様」

「こちらこそお久しぶりです。オーラ様」

オーラ様とは隣国ということもあり、何回か顔を合わせたことがあると言っていた。すると、

「お初にお目にかかります。エーディリ王国公爵家のクララ・ロンドールです」

「こちらこそ、お初にお目にかかります。ローリライ王国第二王女のルビア・ローリライです」

するとエリンさんが、

「お初にお目にかかります。クララ様専属執事のエリン・ロスです」

「よろしくね。エリンさん」

「はい。よろしくお願いいたします」

二人の会話が終わったところで、俺もクララ様に挨拶をする。

「お初にお目にかかります。ルビア様の執事であるノア・アリアブルです」

「ノアくんよろしくね。話は聞いているわ。まだ執事として一カ月なんでしょ？　頑張ってね」

「はい。よろしくお願いいたします」

この後、オーラ様にも挨拶を済ませて、お茶会が始まるのを待つ。するとオーラ様が、

「みんなに一応伝えたと思うのだけど、今日はゲストが来ます。もう部屋の前で待っているか

ら入ってもらうわね」

　話が終わると同時にゲストの方が入ってくる。

（なんでここに……）

「本日は招待いただきありがとうございます。妖精族《エルフ》第一王女のミア・マルティネスです。このような機会に招待いただき光栄に思います」

　妖精族《エルフ》の王女の後ろには、護衛数人と勇者パーティがいた。護衛の人にはあの時一緒に戦った人もいて、お互い顔を見て驚く。

「後ろにいるのは本日雇った勇者――オリバー様御一行です」

「お初にお目にかかります。オリバー・トールトです。このような場所に同行させていただき光栄に思います」

　オリバーが挨拶を終えて顔を上げる時、俺を睨んできた。オリバーの後ろには、聖女マリアと聖騎士アレックスがいる。

（……）

　その後、ルビアたち全員がミア様に挨拶を終えてお茶会が始まる。特に何もなく淡々と話が進んでいる時、ミア様が言う。

「実は昨日、私の馬車が襲われたのですが、一人の男性が助けてくれたのです。その人に一言

お礼を言いたいのですが、知っている方はいらっしゃいますか？」

「それは本当ですか？　お体は大丈夫ですか？」

「はい。何人か死者が出てしまいましたが、私は大丈夫です」

「誠に申し訳ございません。主催した私がもっと警備を強化しておけば……」

「それはしょうがないことですよ。いつだって襲われる可能性はあるのですから。それよりも、助けてくれた方を知っている人はいらっしゃいますか？」

ミア様は俺の顔を見ながらそう言う。

（この人気付いている？）

ここで目立つわけにはいかない。俺が目立ってしまったら、お茶会の意味がなくなってしまう。だからルビアに目で合図をする。するとルビアも首を縦に振る。

（分かってくれてよかった）

「たぶん私の執事であるノアだと思います！」

「やはりそうでしたか！」

（……）

あ……。終わった。その時、オリバーに睨まれていたのに気付くことができなかった。

ルビアがどや顔でこちらを見てくる。なんで言っちゃうかな……。アイコンタクトで言うなって伝えたはずなのに……。ここに来る前、ルビアに念を押しておけばよかった。するとミア様が満面の笑みで言う。

「ノア様！　あの時は本当にありがとうございました」

「こちらこそ、ご無事で何よりです」

「ノア様のおかげです。護衛の者より話は聞いています。短剣などを使うのですよね？　それだと金銭面でも苦労すると思います。ですので、私から少しばかり支援させていただきますよ」

え？　支援って……。そんなたいそうなことしてもらわなくても……。そう思い俺は断る。

「お金の面はルビア様から支援してもらっているので大丈夫ですよ」

するとオリバーが口を開く。

「では私に支援してもらうのはどうでしょう？　今後ミア様のお役に立てる時がくると思います」

「勇者様に支援してもいいのですが、今回はノア様に支援したいと思いまして……。それに現在持っているお金ですと、一人分しか支援できませんので、申し訳ないです」

すると、助けた時に一緒に戦った人が、ミア様に案を出す。

「ではこういうのはどうですか？　勇者様とノア様で模擬戦をして、勝利した方に支援するというのは」

「それはいいですね。そしたら、身近でノア様と勇者様の実力が見られますので。お二人ともいいですか？」

「俺はいいですよ」

「分かりました」

別に支援なんてしてもらわなくていいって言ったのに……。でもここで断ったら、ルビアの顔に泥を塗る可能性もあるし。

それにしても、模擬戦ってトニーさんと戦って以来だな。

するとオリバーはにやりと笑いながら俺を見てきた。他のメンバー、マリアやアレックスもこちらを見ながら笑っている。

(何なんだよ！)

そんなに俺とオリバーが戦うのが嬉しいのか？　俺の負ける姿が見たいのか？　あぁ、ならいいさ。やってやるよ。

全員で闘技場に向かい、模擬戦が始まろうとした時。

「ノア、お前のせいでローリライ王国から支援金を減らされたよ。そしてルビア様に催眠魔法までかけやがったよな？　それがどれだけ周りを苦しめているのか分かっているのか！」

まただ。催眠魔法なんてかけていないのに、何で勘違いしているんだ？

「支援金を減らされたのは俺のせいじゃないし、ルビアには催眠魔法なんてかけていない」

「様をつけろ。平民のくせに」

「もう男爵だ」

「変わらねーよ。王族を呼び捨てにするとはどういうことだ」

まあ最後のは俺にも非がある。ルビアと二人きりの時なら呼び捨てでよかったが、こいつの前で言ったのが失敗だった。

「あぁ。そこは悪いと思ってる」

「まあいい。お前を支援しているルビア様、そして支援したいと言っているミア様の前でお前を倒したら、俺の実力が分かってもらえる。そしたらローリライ王国からの支援を元に戻してもらえるし、ミア様からも支援がもらえる」

支援支援って……。勇者の本質を忘れたのか……？　パーティを追放されてこいつらのことは恨んではいるけど、それでも感謝もしている。だからここで目を覚まさせてあげられるなら……。

「それに加えて、ルビア様の目を覚まさせてパーティに入ってもらう」

「パーティに入るのは無理だと思うけど……」

「そんなの関係ない！　お前といるより、俺がルビア様の護衛をした方がいいに決まってる」

「オリバー、目を覚ませ。昔のお前はそんなこと言わなかっただろ？」

昔のオリバーは誰にでも優しく、困っている人がいたらすぐに助けようとしていた。お金のことなんて二の次だったのに、今は支援、支援と、周りのことを見ようとすらしていない。

「笑わせるなよ。昔の俺？　そんな幻想抱くなよ」

「……」

それにしても、なんでここまで変わってしまった？　今のオリバーは何を言っても、聞く耳を持とうとしてくれない。昔のお前はもっと……。

そう思いながら模擬戦が始まった。

オリバーと互いに息をひそめるような形で様子を見る。勇者であるオリバーを相手に気を抜くことはできない。

その時、執事になった頃、ルートさんに言われた言葉を思い出す。

『執事とは、主人のことを第一に考えて行動する。執事の恥は主の恥でもある』

負けるわけにはいかない。もし負ければルビアに迷惑が掛かってしまう。それだけはダメだ。

それにオリバーは、もう昔のオリバーじゃなくなっている。昔みたいに人を助ける、人のことを第一に考えるような人間じゃなくなってしまった。だったら俺が、こいつの目を覚ましてやらなくちゃ……。

オリバーのことは嫌いだ。追放された時、今までの努力が全て否定された感覚だった。そんなことがあっても、オリバーには感謝している面もある。オリバーが俺をパーティに誘わなければ、俺が俺じゃなくなっていたかもしれない。だったら恩返しを一回ぐらいしてもいいんじゃないか？　今度は俺がオリバーを助ける番。

そう考えているうちに、オリバーが仕掛けてきた。勇者覇気を使い、一瞬俺が怯んだ瞬間を逃さずに斬りかかってくる。トニーさんほど振り下ろす速度が速いわけではないが、それを補うほどの勇者覇気であった。流石、勇者覇気。誰であろうと一瞬怯んでしまう技。本当に恐ろしい技だ。

ギリギリのところで避けることに成功するが、なぜか腕に擦り傷ができた。

（!?）

なんでだ？　ギリギリだったとは言え、よけきれたと思った。それなのになんで……。そう思っていると、

「分かっていないようだな。この剣――エクスカリバーは、勇者覇気と組み合わせることによって、剣の周辺全てが攻撃範囲ってことだよ」

「……」

そんなのチートすぎるだろ。エクスカリバーの周り全てが攻撃エリア内だから、避けても意

味ないってことかよ……。

（正面で戦うのは分が悪いな）

すぐさま黒風《コクイ》を使ってオリバーの視界をふさごうとする。するとオリバーは剣を振りかざして黒風《コクイ》をかき消した。

「そうはいかないぜ」

「!?」

マジかよ……。黒風《コクイ》が使えないってことは、真正面から戦うしかない……。だとしたら、俺にとって分が悪すぎる。暗殺者にとって一番やってはいけないのが、正面で戦うことだ。最初の一太刀こそ実力を測るために受けたが、それ以外は俺の戦い方で戦おうと思っていた。

だけど、それができないってことは……。

（魔法で応戦しつつオリバーを倒すか？　それとも影魔法を使うか……）

いや、影魔法はリスクがありすぎる。もし影魔法を使ってしまったらみんなにどう思われるか……。そう頭によぎってしまった。

影魔法はいわば悪。死体の影を召喚することもできれば、敵の影を利用して攻撃することもできる。そんな魔法をみんなに見られてしまったら軽蔑されるかもしれない。ルビア個人に、いやローリライ家に悪い噂が流れてしまうかもしれない。だから影魔法はよほどのことがない限り使いたくない。

するとオリバーが速度を上げて斬撃してくる。

「ッ！」

捌ききれない。少しずつだが、ダメージが蓄積されていくのが分かる。

（やるしかない）

俺は火玉《ファイアーボール》をオリバーめがけて放ちつつ、歩法で残像を作る。すると、

「そんな小手先の技しかできないのかよ！」

火玉《ファイアーボール》を避けながら、残像をことごとく切り裂いていき、俺めがけてグランドクロスを撃ってくる。

チャンスだと思った。これをうまく利用すれば……。グランドクロスを避けると地面に当たり、砂煙が起こる。その瞬間、黒風《コクイ》を使い視界を奪う。グランドクロスを使った後なら黒風《コクイ》をかき消すことはできない。

呼吸しない間、足音を消し、存在感をなくす。そこで縮地を使いオリバーとの間合いを詰めて、後ろから短剣を首元に突き刺す。

まだ黒風《コクイ》がなくなっていない状態だったため、オリバーは短剣が首元へ来ていることに気付くのが少し遅れていた。

「お、お前……」

「目を覚ませよ、オリバー」

この状況なら誰にも見られない。だから本音で問いかける。

「は？　何を言っているんだ？」

「昔のお前はどうだった？　人々のことを第一に考えていなかったか？」

「今だってそうさ。でも現実はそんなに甘くない。金がねーんだよ」

「……」

この状況ですらダメなのか……？　そう思った瞬間、常時使っている円《ラウンド》がルビアの近くで襲撃者を感知した。

（!?）

最低でも四、五人はいる。俺一人じゃ無理だ。そう思い、

「オリバー、ルビア様たちが危ない」

「は！　何を言っているんだ」

「頼む。信じてくれ」

「この状況でどうやって信用するんだよ」

「……」

言われてみればそうか。今俺はオリバーの首元に短剣を突き付けているのだから。そっと剣を下ろすと、オリバーは俺を攻撃してきた。

（ッ！）

そんな状況じゃないのに……。エクスカリバーで片腕を負傷したまま、オリバーを無視して影魔法の一つの影移動でルビアのもとに移動した。

「は？　ノアはどこに行った？」

オリバーのことは無視してルビアのもとに着くと、全員が驚いてこちらを見ていた。

「え？　ノアどうしたの？」

その時だった。一斉に五人の暗殺者が、ルビアに攻撃を仕掛けてきた。

暗殺者たちは全方位からダガーを投げてくる。その攻撃にすぐ行動できたのは俺とリックさんだけだった。俺は地面から影を壁のように出してルビアとミア様を守る。オーラ様とクララ様は守れる範囲外だったが、そこはうまくリックさんが対処してくれた。

暗殺者たちは顔色を変えずに三人が一斉に攻撃を仕掛けてきて、残り二人が存在感を消して姿を眩ませる。俺とリックさんで三人の攻撃を対処するが、残り二人の攻撃がどこから来るか分からない以上、深追いすることはできない。本来なら円《ラウンド》を使って敵の位置を把握して戦うのが常套手段なのだが、先ほどの戦いで腕を怪我したため、目の前の敵を相手にするのがやっとだった。

「リックさん！　右後ろ！」

「助かる」

リックさんの死角から攻撃してくるのをいち早く教えて対処してもらう。でもこのままじゃじり貧だった。この攻防を一分近く続けたところで、やっとオリバーたち勇者パーティがやってきて応戦してくれる。

それでもこの戦いはこちらの分が悪かった。今の戦闘を見る限り、援護するそぶりがないエリンさんは戦うことができなそうだ。戦力になるのは俺とリックさん、そして勇者パーティのみだった。それに加えて妖精族《エルフ》の護衛の方々は、勇者パーティを雇ったことで武器を王宮に置いて来てしまっていた。

暗殺者との戦い方を知っているのは、戦い方からして俺とリックさんしかいない。しかも、聖騎士のアレックスと勇者のオリバーは剣が大きいため、小回りが利かない。勇者覇気を使ってもカバーに入られてしまう。だから、俺とリックさんで戦うしかなかった。

お互い護衛対象を守れる範囲で戦うが、防戦一方であった。守りながら戦うのがこんなに難しいことを初めて知る。いつもなら俺も暗殺者のスキルを多用して戦うのだが、それをしてしまうとリックさんとの連携が取れなくなる。それに加えて俺の存在感などを消すと、ルビアたちに不安感を与えてしまう。

「クソ！」

ただただ攻撃を受け流すことしかできず、反撃の一手が出てこなかった。そんな時オリバーが、

「うぜぇ」

そう言ってグランドクロスを放つ。

（バカが……）

さっき戦った時と一緒の行動をしてどうする。オリバーがグランドクロスを放ち終わった時、姿を隠していた二人がルビアめがけて毒矢で攻撃を仕掛けてきた。

（これなら）

その攻撃をうまく処理して、毒矢が来た方向に雷矢《ライトニング・スピア》を放つ。すると一人はかわすが、一人の暗殺者には命中して殺してしまう。

（……）

胸が痛くなる。こんな感情、もう味わいたくなかった。

四人になったこともあり、オリバーとアレックスが暗殺者二人と一対一をしてくれているおかげで、少しこちら側が楽になる。

時間が過ぎていくごとにオリバーたちが優勢になっていき、一人また一人と倒していく。残

り二人になったところで、標的が変わったことに気付く。

（やばい）

俺はとっさに叫ぶ。

「リックさん！　ルビアを頼みます」

「わ、分かった」

リックさんは徐々にオーラ様とクララ様とともに動き、ルビアの近くに向かう。さっきまでミア様は俺の近くにいたが、今はオリバーたちの近くにいる。そしてオリバーたちは暗殺者二人と戦って消耗している。だとしたら、ミア様が狙われるのは当然のことだった。弱いものから狙う。暗殺者の鉄則であった。

最後の魔力を使い、影移動でミア様の背後に瞬間移動する。でも間に合いそうになかった。一人の暗殺者はダガーでミア様の首元を、もう一人の暗殺者は目に見えない広範囲魔法、闇弾《ダーク・バレット》を仕掛けてくる。

ダガーの方は短剣で捌《さば》くが、闇弾《ダーク・バレット》を捌ききることはできない。

「ッ！」

全身でミア様を守る。闇弾《ダーク・バレット》が終わった瞬間、オリバーたちは攻撃されていたことに気付いて、暗殺者たちを殺す。

俺はその場に倒れこむ。俺のことなどお構いなくオリバーは、

「ミア様大丈夫ですか？」

「は、はい。それよりも……」

すぐさまマリアが俺に超回復《フル・リカバリー》を使い、怪我が治っていく。

「あ、ありがとう」

「あんたのためじゃない。やることをやっただけだから」

痛みがなくなったところで、ルビアが泣きながらやってくる。

「ノア大丈夫！　死んでないよね……」

「あぁ。大丈夫」

軽く返事をして座りこむ。全員が周りに集まり、オーラ様が言う。

「まずは助けていただきありがとうございます」

「護衛としての仕事をしたまでですので」

俺やリックさんが答える前に、オリバーが答える。

「今回の件はエーディリ王国で起きてしまった不祥事。本当に申し訳ございません。ミア様がこちらに来る途中の魔物による襲撃事件も含めて、全て私の不手際です」

「オーラが悪いわけじゃないよ！」

「うん。それに幸い全員生きているのだからいいじゃない」

ルビアやクララ様が言うように、オーラ様が悪いわけじゃない。ちゃんと闘技場の外には警備の人がいたし、今回はしょうがなかったとしか言いようがない。

「それでも今回、ノア様やリック、そして勇者様がいなければ、私たちは死んでいたかもしれません」

「うん……」

するとミア様が、

「ノア様やリック様が私たちを護衛してくれたのは分かるわ。でも護衛として雇った勇者様はどうなのかしら？　結果として守ってくれたわ。でもノア様やリック様がいなければ、私たちは死んでいたかもしれない。あまつさえ私たちを命の危険にまでさらしたのよ？」

言われてみれば……。オリバーがグランドクロスを撃たなければ、ルビアたちは危険な目に遭うことはなかった。

「それは……」

「助けていただいたのは感謝しています。ですが、あれは護衛ではなく戦闘です。私たちのことを考えて戦ってくれましたか？」

その言葉に勇者パーティ全員が黙り込む。

「……」

「今回の件、私は父上、そしてルビア様の国にも報告させていただきます」

するとオリバーが崩れ落ちながら、俺に向かって何かを言ってきた。だけどそれはよく聞き取ることができなかった。

「相手が暗殺者じゃなければ……。そうだ。ノアが暗殺者だから……」


襲撃を受けた日から全員の安全確認、情報収集などで一週間ほどエーディリ王国に滞在することになり、毎日王宮でオーラ様とクララ様、ミア様と顔を合わせることになった。勇者パーティは護衛の任を外されたため、この場にはいない。


そして最終日、ミア様から聞かれる。

「ノア様って暗殺者なの？」

あの場にいた時点で気付かれているとは思っていた。

「はい」

全員が納得したような顔でこちらを見てくる。

「私はあなたを軽蔑しない。あなたのおかげで私たちは生きているのだから」

「ありがとうございます」

するとルビアが全員に言う。

「ノアは私の国で代々仕える暗殺一家の長男なの。だから私の護衛をしてもらっている」

(!?)

ルビアが本当のことを言ったので驚いた。その事実を知ってみんなどう思うか……。そう心配していたが、俺の予想とは違う答えが返ってくる。

「だから執事なのにあんなに強かったのね。納得だわ」

「うんうん」

この人たちは暗殺者を軽蔑しないのか？　暗殺者に命を狙われたのに？　するとオーラ様が一つ提案をしてきた。

「私たちはノア様に助けられて感謝もしているし、信用もし始めているわ。でも世間では暗殺者のイメージはよくないのよね。だからノア様が暗殺者であることは、ここにいる人以外に他言無用にするのはどうかしら？」

その言葉に全員が頷く。なんでそこまで……。そう思い、つい言葉が出てしまう。

「ありがとうございます。ですが、なんでそこまでしてくれるのですか？」

「それはルビア様との交友関係を切りたくないからよ。それとノアくん。あなたを暗殺者としてではなく、護衛として認めたからよ」

護衛としての俺。ルビアと他数名以外は、暗殺者としてしか俺を見てくれなかった。だからこそ、こんな風に言ってもらえたのが嬉しかった。

「他言無用ってことは納得したわ。でも一つ質問してもいい？　あの時、私の前に突然現れたけど、どういう魔法なの？」

もう影魔法を隠し通せると思っていなかったので、本当のことを言う。

「俺の家に代々続く無属性魔法《ユニーク》です」

「無属性魔法《ユニーク》ですか……」

「はい」

ミア様は顔を少し顰《しか》めながら、

「話には聞いたことがあります。死体の影を取り出して召喚できるとか……」

「はい」

一番知られたくない人に知られてしまった。妖精族《エルフ》はネクロマンサーなどが死体を活用するのを嫌う。それは妖精族《エルフ》にとってタブーに近いことだから。

「実在したのですね。ですがノア様のことは他言無用という約束をしたので、誰にも言いませんよ。ですが、今後妖精族《エルフ》の前であのような魔法を使うことはオススメしません。それが彼らを助ける時でさえも」

「ご忠告ありがとうございます」

その後は、なぜ暗殺者が近づいていたことに気付かなかったのか。今後はどのような対処をしたらいいのかなどを話して解散した。

俺だけ今日も、カウンセリングを受けに病室に向かう。

（まだ大丈夫……）

そう思いながら病室に入ると、中には二人医師がいた。

「お待ちしておりました。ノア・アリアブル様」

「はい。今日もよろしくお願いします」

「ではいつも通り、ベットに寝て目を閉じてください」

「はい」

目を閉じると医師から質問をされる。

「どんな気分ですか」

「久々で緊張すると言いますか、怖いと言いますか……」

そう。またあの頃の俺に戻ってしまうかもしれないという恐怖心があった。

「怖いですか……。ではあなたが殺した時、他の人たちはどのような目で見ていましたか？　軽蔑、拒絶するような目で見ていましたか？」

そんなことはないと思う。でも、どんな目で見られていたか分からない。

「そ、それは……」

「話さなくて大丈夫です。その後、皆さんはあなたにどのような対応をしましたか？」

（感謝されていた）

その後もいくつか質問をされて、目を開けてもよい合図をもらったので目を開ける。

「私は人を殺したことがありません。ですが、人を助けるために人を殺す。それはすごく勇気がいります。人を殺すことが全くの悪いこととは限らない。それだけは覚えていてください」

「はい」

「では今日でラストになりますが、もし不安になりましたら、いつでもこちらに来ていただけたら相談に乗りますよ。人を殺したら誰もが通る道ですから」

「ありがとうございました」

俺は病室を後にした。

（人を殺すのが悪いこととは限らないか……）

その言葉で気持ちが少し楽になった。暗殺者である俺がこんな感情になるのはいけない。

『心を捨てろ』

よく父さんに言われた言葉だ。

「は～」

俺って弱いな。でも死ぬことは怖くない。死ぬことよりも、ルビアとか大切な人が消えてしまう方が怖い。そう思いながら宿に戻ろうとしたら、勇者パーティが目の前に現れた。

「ノア。勇者パーティに戻ってこい」

◆◇◆◇◆

俺たち勇者パーティがミア様の護衛をした日から四日が経った。ミア様に報告されたこともあり、ローリライ王国からは支援がなくなりそうだ。もらえるかもしれなかった妖精族《エルフ》からの支援ももらえなかった。

「クソ！　全部あいつのせいだ」

あいつさえいなければ、全てうまくいったに決まってる。ミア様の護衛が遅れたから？　そんなのしょうがないだろ。こっちはあいつと模擬戦していたんだぞ！　結果、助けたじゃねーか。なのに、なんでこんな仕打ちを受けなくちゃいけないんだよ。あいつが消えてからダンジョンやクエストの達成率が落ちたのは分かる。だけど全て運が悪かっただけだろ。少しは寛大になれよ。

　するとアレックスがこちらに来て言う。

「なあオリバー」

「なんだよ」

「もしだけど。あいつが今まで俺たちのパーティに貢献していたとしたらどうする？」

「そんなことあるわけないだろ。ただ後ろでちょっとサポートしてただけだろ。それが貢献してたって言うのか？」

「そ、そうだけどよ。でも戦ってみたお前が一番分かっているんじゃないのかなって思ってさ？」

（……）

　信じたくない。あいつが俺たちのパーティに貢献していた？　そんなことあるはずない。あいつは都合のいい駒であったに過ぎない。あの時あいつがいてくれたおかげで、助けに行くのが遅れても俺たちが悪役にならなくて済んだくらいだ。それだけだ。そうに決まっている。

　俺たちが話しているところにマリアも入ってくる。

「強かったのは事実よね。あそこまでオリバー様と戦えるとは思わなかったわ」

俺があいつと？　そんなのあり得ない。少し気が緩んでいただけだ。だから負けそうになっただけだし、結果うやむやになって、負けと言われたわけじゃない。幸いあんな姿をみんなに見られたわけじゃなかったからよかったけど。

「ちょっと調子が悪かっただけだ。それよりも、マリアが助けなければあいつは！」

そうだ。マリアがあいつを助けなければ、今頃あいつは死んでいたかもしれない。そうなれば、支援だってもらえていたかもしれないのによ。

「しょうがないよ！　あそこで助けなかったら、全員にどんな顔で見られていたか分からない！」

「そんなの、魔力切れですとか言い訳すればよかっただろ」

全てはあいつが悪い。あいつさえいなければ……。そんな会話をしている時、フードをかぶったおばあさんが話しかけてくる。

「ねえあんたら。困っているのかい？」

「話しかけてくんじゃねーよ」

「ちょっと！　勇者なんだから、ちゃんと自覚して対応しなさいよ」

マリアの言葉にイラッときた。

「は？　お前、俺に指図する気か？」

たかが聖女が、俺に指図するんじゃねーよ。

「違うけど……」

「まあまあ、そう怒らずに。もし力が欲しかったら、力になれるかもしれんぞ？」

「それはあいつを見返せるだけのものか？」

「そうじゃ。どうじゃ？」

胡散臭《うさんくさ》い。でも今の俺はノアに勝つことしか頭になかったため、方法を尋ねた。

「あぁ。どんな方法なんだ？」

するとおばあさんは袋から黒色の指輪を出す。

「この指輪は己の感情を魔力に変換して増やせる代物じゃ」

「そんなものがあったのか！」

「お二人もどうじゃ？」

おばあさんがアレックスとマリアにも尋ねるが、二人は首を振って断った。

「俺はもらうぞ」

そう言って俺は指輪を受け取る。その時おばあさんが何と言っているか聞こえなかった。

「これでお主も……」

そしておばあさんは去っていった。

「どの程度のものなんだろうな」

「本当にそんなのつけて大丈夫なの？」

「タダでそんなものくれるバカがいるわけはない。俺も危ないものだと思うぞ」

こいつら何を言っているんだ？　力が手に入るんだぞ？　それに俺は勇者。大丈夫だろ。

「俺は勇者だぞ。大丈夫に決まっている」

「まあオリバーがそう言うなら止めないけどよ」

「うん」


その後、三日間、指輪をつけたままあいつのことを考え、怒りを燃やしていると、徐々に魔力が増えていくのが分かった。そんな俺にアレックスとマリアが言う。

「支援もらえなくなったのよ？　だったらもう一度、ノアをパーティに加えたらいいんじゃない？」

「は？　お前何言っているんだ？　絶対に嫌だぞ」

「ちょっと考えてみてよ。今のノアはローリライ王国から支援をもらえている。それに妖精族《エルフ》からも支援が確約されているのよ？　だったらノアをパーティに加えたら、支援が回ってくるんじゃない？　もし支援がもらえなかったら切り捨てればいいしね」

言われてみれば……。

「でもあいつを追放する時、支援がもらえたから用済みって言っちゃったぞ。それに俺たちの態度からしても、戻ってくるとは……」

「それは大丈夫よ。全部水に流して戻ってこいって言うわけじゃないわ。ルビア様の護衛をしつつ、時間に余裕がある時は私たちに力を貸してほしいと言えば。私たちは勇者パーティなのよ？　断れるはずないじゃない」

そうか。全てなかったことにして戻ってこいというから断る口実ができる。でも短時間だけパーティに加わってほしいと言えばいいのか。するとアレックスが言う。

「でもパーティに入ったらどういう対応するんだ？」

「今までは少し強く当たっちゃったから優しく対応をすればいいんじゃない？　誰でもきつく当たられた相手に優しくされたら嬉しいものよ」

「それもそうか」

全員あいつをパーティに加えることに納得して、王宮で待ち伏せする。

(仲間になったところで絶対に許さねーからな。便利な駒として骨の髄まで利用してやる)

そう思いながら、あいつが王宮から出てくるのを待った。

突然、嫌な顔をしながら、オリバーが俺に言ってきた。

「ノア。勇者パーティに戻ってこい」

「は？」

「だから、戻ってきてほしいって言ってる」

オリバーが俺に言ってくる。アレックスやマリアも、今までの軽蔑するような顔ではなく、優しそうな顔で俺を見てくる。

「……」

「ダメなのか？」

必要とされている。そう思うと、少し嬉しさを感じた。でもそれと同時に、ルビアの顔と追放された時の悲しい感情を思い出してしまった。こう思った時点で結果は決まっている、そう思った。

「今更言われても遅いよ。俺はもうルビア様の護衛として働いているのだから。それに俺は暗殺者だから、お前たちのパーティにいたら不利益になるんじゃないのか？」

追放された仕打ちを忘れたわけじゃない。俺はこいつらを好きになることはもうない。俺がそう思っていると、マリアが微笑みながら言う。

「お時間が空いている時に入ってくれればいいので、護衛は続けて大丈夫です。それに暗殺者とは何かという認識を、私たちが間違えていました」

時間が空いている時か。昔なら嬉しかっただろうな。でも今更そう言われてももう遅い。俺はルビアのものであり、こいつらと働くつもりはない。

「悪いけど、戻るつもりはない」

それに俺が決められることじゃない。すると、ちょうどいいところにルビアがやってくる。

「ねえ、どういう状況?」

「これはルビア様。今ノアをパーティに勧誘しているところです。ルビア様の護衛をしているのは分かっています。ですので、ノアの時間に余裕がある時だけでもと思いまして」

オリバーはルビアに説明する。

「ノアをまた苦しめるのですか? 金銭面で支援がなくなったからノアが必要なのですか?」

その言葉に全員がビクッとする。

(あぁ。そういうことか)

こいつらの態度を見て、少しだけでも嬉しいと思ったのを後悔する。こいつらは俺を俺として見ていない。

「それは違います。本当にノアのことを必要としているのです!」

「そうですか。でもノアはもう私の護衛ですから、暇な時間なんてありません。諦めてください。ですが、ノアがどうしてもって言うのでしたら……」

「ノア！　頼む」

そう言ってルビアとオリバーたちが俺を見てくる。

（あぁ……）

俺を信用してくれる人。その人がここまで言っているんだ。それに応えるのが筋だろ……。

それにもう騙されない。オリバーたちの顔を見れば分かる。ルビアが俺に向ける目とは違う。

俺を必要としていない、ただただ駒として見ている目だ。

「悪いけど戻るつもりはない」

「なんでだよ。それに断っていいのか？　勇者パーティだぞ？　そんなことして、世間からどう思われるか分かっているのか！」

「そんなの関係ない。俺はルビアについていくと決めた。世間がどう言おうが知ったことじゃない。もう勇者パーティに戻るつもりはない」

「は！　どうなっても知らねーからな」

オリバーが俺を睨みながら言い、去って行った。

「よかった」

「どうかしたか？」

ついいつもの癖で、ため口が出てしまう。

「ノアが戻っちゃうかと思った。でも私が止めるのは違うし……」

「違わない。俺はルビアの護衛なんだぞ？　それに今ので、俺が誰に必要とされているか分かった。もう勇者パーティに戻るつもりはない。心配させてごめんな」

するとルビアはホッとした表情で、

「じゃあ戻ろっか」

「はい」

もうあいつらのもとに戻るつもりはない。追放された時も今も、俺が欲しい言葉を言ってくれたのはルビアだ。だったらそれに応えたい。

その後、屋敷に戻って、オーラ様とリックさんが今回、襲撃を受けた理由を話し始めた。

「率直に言います。この度、襲撃を受けたのは、私たちの警備が薄くなっていたからです。誠に申し訳ございませんでした」

二人及び使用人全員に深く頭を下げられたところで、ルビアやミア様が驚きながらも言う。

「今回は死傷者が出なかったので構いませんが、警備はどうなっていたのですか？」

「警備の方は王国外に重点を置いていました」

「え？」

ルビアが驚くのも無理はないかもしれない。他国の王族や貴族が来たら、王国内の警備を厚くするのが普通だ。そう思いつつ、俺たち全員が首を傾げていたら、オーラ様が説明を始めた。

「理由だけを述べますと、ミア様がエーディリ王国に到着する時、襲われましたよね？　だからいつもより一層警備を厚くしていました」

（あぁ～）

そう言えば、ミア様が襲われたのを俺が助けたんだった。今回は、襲撃にオリバーたちとの再会など様々なことがあって忘れていた。それはみんなも同様だったようで、納得したような顔をしていた。

「今後のことはきちんと私たちエーディリ王国が責任をもって調査します」

そう言われた後、もう一度謝られてこの話は終わった。そして、オーラ様やミア様、クララ様たちに、ルビアが別れの挨拶をする。

「皆様。今日までありがとうございました」

「今回はいろいろとありましたので、次のお茶会はよりよい時間にしましょう」

「そうですね。今回はノア様に助けられてばかりで、次会った時はお礼の品でもお持ちしますね」

「あ、ありがとうございます」

いきなりミア様に言われたため、少し口籠《くちごも》る形で返答してしまった。

「ノアくん！　次会えるのは来月か再来月かな？　次はノアくんの国でお茶会があるって聞いているから楽しみにしてるね！」

「はい。お待ちしております」

「ノア。君には本当に感謝しているし、友人だから忠告する。道を踏み外すな。どんな状況でもだ」

「……。わかった」

エリンさん、リックさんとも別れの挨拶が済んだので、ローリライ王国に帰る馬車に乗ろうとした時、ミア様が言う。

「ノア様。今回の件で勇者パーティには何かしらの罰が下ると思います。だからローリライ王国で何かしら勇者パーティの変化が起こると思いますすけど、頑張ってください」

勇者パーティの拠点はローリライ王国なので、会うのはしょうがない。そこでオリバーに言われたことを思い出す。

『どうなっても知らねーからな』

「ありがとうございます。ご忠告感謝します」

するとなぜかミア様は口籠りながら言う。

「あと、私のぼ、母国に来ていただけると嬉しいです……」

顔を赤くして言うから何かと思ったけど、そんなことか。俺も行ってみたいし、もちろん了承する。

「はい。ぜひ機会がありましたら寄らせていただきます」

すると勢いよくこちらに顔を寄せて言ってきた。

「絶対ですよ！」

「はい。その時はお世話になると思いますが、よろしくお願いします」

「うん！　じゃあ次はローリライ王国に行くから楽しみにしてるね」

「はい。心よりお待ちしております」

ミア様との会話も終わり、馬車に戻ると、ルビアが切れ気味に、

「ねえ。ミアさんと何話していたの？」

「勇者パーティの件と、お互いの国に行った時、よろしくお願いしますって話ですよ」

「ふーん」

ルビアはそっぽを向く。

(俺、何かしたかな？)

話しかけられる雰囲気でもなかったので、俺も外を見る。

本当にいろいろとあった。来る途中で妖精族《エルフ》を助けたら、お茶会に参加するミア様だったり。それに執事としての仕事に、護衛としての仕事。両立するのがどれだけ難しいのか分かった。俺が執事として未熟なところも、リックさんやエリンさんが優しく教えてくれた。本当に二人には助けられた。

ミア様が護衛として連れてきたのがオリバーたちで驚いたけど、それ以上に、オリバーと模擬戦を行うことになった方が驚いた。オリバーと戦ってみて、やっぱりこいつが勇者なんだなって実感させられた。勇者覇気とエクスカリバーの組み合わせ技なんて反則だろって何度思ったか。ギリギリのところで勝てたのはよかったけど、そんな時、ルビアたちに刺客が来たのは驚いた。

なんで今なんだよって。あの戦いは俺一人じゃ無理だった。リックさんやオリバーたちがいなかったら、誰かしらが死んでいたに違いない。

あの戦いで一人殺してしまってからの数日間、本当にきつかった。起きている時でも寝ている時でも、殺した奴の顔が思い浮かぶ。だからカウンセリングを受けさせてもらえて本当に助かった。

そして今日、オリバーたちからパーティに戻ってこいって言われた時、嬉しかったが、ルビアが来てくれたことで現実が見えた。

（居場所はあるんだと）

だからこれ以上ルビアを悲しませたくないし、俺の命に代えても助けたいと再認識させられた。

「ルビア、本当にありがとな」

「え？」

無意識に言葉が出てしまう。

「いや……」

面と向かって言うのがこんなに恥ずかしかったなんて……。

「じゃあ、ちゃんと私を守ってね？　私から離れないでね？」

「あぁ」

よくわからないけど、ルビアの機嫌が直ってよかった。


ローリライ王国に戻ると、すぐ国王様に報告に行く。その途中で中年太りの宰相、ドーイ・プーイックさんに会う。なぜか驚きながら俺たちを見て、

「ルビア様、ノアくん。おかえりなさい」

「ドーイ、ただいま」

「ドーイさん。ただいま戻りました」

「本当に無事で何よりです」

（？？）

この時の俺は、まだ何も知らなかった。

4章　衝動

ルビアと一緒に王室に入り、エーディリ王国の件について報告をする。

「ただいま！　ママ、パパ！」

「ルビアにノアくん、おかえりなさい。話は聞いている。ノアくん、本当に助かった」

「仕事ですので、当然のことをしたまでです」

「それでもだ」

直々に国王様からお礼を言われて少し照れる。そんなことは関係なくルビアが、

「ミアさんにも聞いていると思うけど、命を狙われたわ」

「あぁ。今後このようなことがないように対応しなくちゃだな」

そう。今回は運よく誰も死ななくて済んだが、今後このようなことが起きたらどうなるか分からない。それは国王様も分かっているからこう言っているのだろう。でも対応って具体的に何をすればいいんだ？　手っ取り早く護衛の人数でも増やすのか？　すると国王様が、

「妖精族《エルフ》の王女から報告があったため、勇者パーティには罰を与えることにした」

「うん」

「今回、勇者オリバーはノアくんに突っかかったらしいじゃないか。それに加えて勇者パーティの全員が護衛にも遅れた。だから勇者パーティを一旦解散することにした」

「え？」

勇者パーティの解散と聞いて驚く。

「すみません」

「いい。解散と聞いて驚くのもしょうがない。勇者を含めて三人の支援をやめたというのは聞いているな？」

「うん」

「だけど支援を全てやめることなんてできない。そんなことをしてしまえばこの世界の運命が変わってしまう。だから勇者に対しては支援を行うが、他二人には実家に帰ってもらい、今後必要となる勉強をしてもらうことにした」

「……」

「だが勇者一人で戦うにも限度がある。だからルビアとノアの二人が魔法都市スクリーティアに行った後、もう一度勇者パーティとして再開してもらう予定だ」

「うん。分かったわ」

国王様が言っていることは分かる。でも、なんで俺たちがスクリーティアに行った後なん

だ？　そう思っていると国王様が、

「疑問そうな顔をしておるな」

「は、はい。なんで私とルビアが行った後なんでしょうか？」

「それはノアくん、君に原因がある。ノアくんは元勇者パーティであり、勇者オリバーから目の敵にされていると聞いている」

「はい」

なぜかオリバーには嫌われてしまっている。まあ俺も嫌いだから、いいんだけどさ。

「そんな状況で勇者パーティが再開したら、またノアくんにちょっかいを出す可能性がある。そうなればルビアが危険な目に遭うのは必然だ」

「ご配慮ありがとうございます」

そうか。俺があいつらに絡まれるってことは、俺がルビアに集中できないってこと。そこまで考えてくれての判断ってことか。

「今後もノアくんには、ルビアの護衛をしてもらう。もし勇者オリバーに絡まれても、挑発的なことをしないでくれると助かる」

「分かりました」

挑発的なことをする予定はないけど……。まあ念を押されたからには意識していこう。

その後、ミア様たちとローリライ王国でお茶会をすることなどを伝えて王室を後にする。

「勇者パーティの件はしょうがないよね」

「そうだな」

もっと違う立ち回りをしていれば、こうはならなかったと思う。だけど過去を変えることはできないし、しょうがない。

「ノアはこれからどうするの？」

今日はオフ。なら話したい人がいる。

「俺はちょっと話したい人がいるから、ここでお別れかな」

「そっか。また明日ね」

「あぁ」

ルビアと別れてから、ある人物を探し始める。王宮内を歩きながら見回すと、外で騎士たちに剣の指導をしているところを見つける。

「トニーさん」

「あれ？　ノアくん。おかえりなさい」

「ただいま」

「それでどうしたんだい？」

「ちょっと相談と言いますか、お願いごとがありまして」

「少し席をはずそうか」

トニーさんは騎士たちの指導を一旦やめて、場所を移動する。

「それでなんだい？」

「俺にも指導をしてもらえませんか？」

「指導かい？」

「はい」

「それはまたなんで？　ノアくんの実力があれば私の指導なんていらないと思うのだけど」

「それは……」

俺はエーディリ王国であった一件を話す。俺がどれだけ未熟だったか。そしてミア様を危険な目に遭わせてしまったこと。

今回の件で分かった。俺がどれだけ慢心していたか。そしてどれだけ未熟だったか。もっと俺が強ければ、こんなことは起こらなかったかもしれない。そうじゃなくても、もっとスムーズにことを進められたと思う。それに国王様からも対応が必要と言われた。なら、トニーさんに指導してもらうしかないと思った。

「そうか。だが暗殺者の戦い方なんて知らないぞ？」

「大丈夫です。トニーさんには剣の指導。そして強敵と当たった時の対処法などを教えてもらいたいです」

「そうか。まあそこまで言うならいいぞ。ならちょっと来い」

「はい」

俺がトニーさんの後をついていくと、先ほど騎士たちが練習していたところに戻ってくる。

「今から騎士たちと戦ってもらう」

「え？」

なんで騎士たちと？

「ノアくんの実力は分かっているつもりだ。でもそれは剣と魔法の戦い方だ。だから剣のみで戦ったらどうなるかを知りたい」

「分かりました」

そう言って騎士たちと戦う準備を始めた。

「ノアさん。準備できているので、いつでも大丈夫です」

「俺も大丈夫です」

「では、始め！」

トニーさんの合図と同時に模擬戦が始まる。今回の模擬戦では魔法が使えない。それに加え、剣の技術が見たいと言っていたので、歩法なども使えない。俺は徐々に対戦相手との間合いを詰めて攻撃を仕掛ける。まず最初は正面から首元を狙う。それを騎士の方はかわしつつカウンターを撃ってくる。

トニーさんやオリバーに比べたら攻撃する速度が遅いため、すんなり避けることができた。そこから何度かこのような攻防を続ける。ここでトニーさんと戦った時を思い出す。

（もしかしたら）

思いついたことを実践してみる。まずは先ほどと同じように正面から攻撃する。予想通り攻撃をかわされてカウンターを受けるが、その攻撃を俺も避けて、もう一度攻撃する。その時、前にトニーさんがやっていたフェイントを見よう見まねでやる。

フェイントを行う、それは剣の技術がそれなりにいると思う。技術が必要といっても、剣の技術である。俺が使っているのは短剣。短剣は普通の剣よりリーチが短く、小回りが利く。だったら、フェイントを入れることも普通の剣より簡単だと思った。

案の定、一つのフェイントを入れるのは簡単であった。フェイントに騙された騎士をすんなりと倒すことができた。

「参りました」

「ありがとうございました」

（よし）

フェイントを入れることができるようになれば、今後戦略の幅が広がる。そう思った。

「ノアくんってフェイントを入れることができたのか」

「トニーさんと戦ったことを思い出してやってみました」

「……。じゃあ話は変わる。少し話そうか」

「はい」

騎士の皆さんにお辞儀をして、場所を移動する。

（本当に皆さんには申し訳ないことをしているな）

「なあノアくん。君は戦う時、どのようなことを意識している？」

意識していることか……。

「いかに自分が負傷せずに敵を倒すかだと思います」

「そうだ。複数人と戦っている時、一人目で負傷してしまうと、その後が不利になってしまう。それは一対一で戦っている時も同様だな。もし別の敵がいたら？　そう考えるだろう」

「はい」

「他には何を考えている？」

「……」

他に。そう言われて、父さんに言われたことを口に出す。

「敵の急所を狙うこと。敵をスムーズに殺すこと」

「そうだな。それも大切だ。でも」

「でも？」

「仲間がいた場合、どうやって連携をとるか。それを考えてほしい」

言われてみれば。でもそれは無意識にできていると思う。エーディリ王国で刺客と戦った時、リックさんとうまく連携ができたと思う。

「はい」

「次に、戦う時の心構えだけど、敵のことは意識しないこと」

「え？」

敵のことを意識しない？　でも意識しなくちゃ戦えないじゃん。

「これは戦っている最中、そして精神面でも言える」

「……」

「戦っている最中に一人の敵を意識していると、他の敵がどのような攻撃をしてくるか分からなくなる時がある。だから一人の敵に意識を割くのではなく、全体的に見ることを意識するんだ。そうすることによって、別の刺客が来た時でも素早く対処することができる」

「あぁ～」

言われてみれば、そういう場面が多々あった気がする。

「そして精神面の話だが、これはノアくんにとっては一番大切なことだと思う」

「俺に一番大切なこと？」

「そう。君は暗殺者として未熟だと俺は思う。君は優しすぎるからだ。だから敵を殺してしまった時、もっと他の方法で倒すことができたんじゃないかって考えていると思う」

「……」

トニーさんの言う通りだ。人を殺さずにできたんじゃないかって考えてしまう。

「だが、それではダメなんだ。もし自分より強い敵、守る人がいる時にそのようなことを考えてしまったら、すぐ命を落とすだろう。だから敵のことは意識せず、自分のことだけを意識してほしい」

「は、はい」

「今後ノアくんは人を殺す時が増えるだろう。そして毎回毎回、自分を責めることをしてほしくない。そんなことをしたら、君は君じゃなくなってしまう」

「ではどうすればいいのですか？」

するとトニーさんは、低い声で俺にアドバイスをくれた。

「相手を人として見ないことだ」

「……」

俺はなんて言えばいいか分からなかった。

相手を人として見ない。なんでそう思わなくちゃいけないんだ？　そう思うことによって何が変わるんだ？　たしか俺の心が保たれるとか言っていたよな？　疑問そうにしていると、トニーさんが、

「分からないようだね」

「はい。すみません」

「それはね、人を殺すと心が壊れるからだよ」

「……」

そりゃあそうだろ。だって殺しているのは人なんだから。

「でもね。考えを変えてみたらどうだい？　人を人として見ないで殺したら、特に何とも思わないだろ？　ノアくんは魔物を殺した時どう思う？　なんとも思わないだろ？　それと一緒のようにすればいいんだよ」

「そんなことできるのですか？」

「まあ難しいけど、できなくはないかな。一番手っ取り早いのは、相手が人という認識を捨て

ること。相手は全て魔物だと思えばいい。だけど、そう思うことができる人は限られる。だから心を無にして戦うのが普通だね」

「心を無にですか……」

そんなことどうやるんだ？　戦っている時、絶対に何かしら考えて戦うだろ。そんな状況下で心を無にするなんて……。

「そう。まずは先入観を捨てよう。人ではない、人の形をしている魔物だと思えば戦いやすいと思う。それか、人に幻影《ミラージュ》している魔物だと思えばいいんじゃないか？」

「……」

そう言われてもな……。

「できなかったら、人と思うのはやめずに、自分が憎んでいる相手だと思えばいい。そうしたら心が少しは楽になる。それができるようになったら、さっき言ったように相手を魔物だと思えばいい」

「はい……」

難しいけど、やれることはやりたい。

「心構えはこれぐらいにして、明日から毎日、私のところに来て剣の練習をしようか。心構えは一朝一夕では身に付かないから、頑張るしかないからね」

「明日からよろしくお願いします」

「うん。じゃあまた明日ね」

「はい」

トニーさんと別れて、実家に戻った。

（でも、今日トニーさんと話して、少し気が楽になった）

実家ではスミスさんがラッドくんに稽古をつけていた。ラッドくんは、この前見た時より一段と強くなっているのが分かる。

「坊ちゃまおかえりなさい」

「ただいま。今日ラッドくんを借りてもいい？」

「はい」

スミスさんとの練習をやめてもらい、俺はラッドくんに、

「今から手合わせをしない？」

「え？　いいのですか？」

「あぁ。ラッドくんと手合わせをしたいと思ってね」

今のラッドくんから学べることがあると思った。

「お願いします」

「でも魔法は禁止。剣だけの戦いね」

「はい」

条件を付けて戦う態勢をとる。俺はすぐさま間合いを詰めて攻撃をする。ラッドくんはその攻撃を避けて反撃してくる。ここまでは今までと変わらない。だから俺は左右にフェイントを入れつつ攻撃を仕掛ける。それでもラッドくんは攻撃をかわしてきた。

（⁉）

さっき戦った騎士ですらかわせなかったから、かわされるとは思ってもいなかった。俺はフェイントの数を増やして攻撃する。それでもラッドくんは全てを避ける。

（なんでだ？）

するとラッドくんは縮地を使って間合いに入ってきて、腹部に向かって攻撃してくる。無駄がない綺麗な攻撃で見とれてしまった。

普通なら体重移動のせいで、攻撃する際に少し狙っている場所からずれたり、剣の速度が落ちたりする。それなのにラッドくんにはそれがなかった。俺はバックステップをして後ろに下がる。

（すごいな）

でもこれで、何が必要なのか分かった気がする。俺は少しフェイントに変化を入れて攻撃する。さっきまではフェイントに殺気をあまり入れていなかった。でも今回はフェイントにも、攻撃する際と変わらないほどの殺気を入れる。

するとラッドくんは、先ほどみたいに全てを処理することはできず、少しよれる。そこを見逃さず前に詰めて、複数のフェイントを入れて攻撃する。

「参りました」

「ありがと。それで少し質問してもいいかな？」

「はい」

「最初、なんでフェイントって分かったの？」

「それは殺気がなかったのと……」

「なかったのと？」

判断していたのは殺気だけではないのか。

「攻撃する姿勢です」

「姿勢？」

「はい。誰でも剣を振り下ろす際、後ろから前に体重移動をして攻撃してきます。ですがノア様のフェイントには、体重移動があまりありませんでした」

「あ～」

そういうことか。フェイントを入れる時、本当に攻撃するわけではないから、剣を振り下ろすのを中途半端に止めていた。それだと体重移動も中途半端になってしまうってことか。そこで少し閃く。

（体重移動って、他にも応用が効くよな。歩法とか……）

体重移動がここまで大切だと分からせてもらえて本当に助かった。

「ありがと。ためになったよ。それでだけど、シュリさんはどこに行ったの？」

俺はスミスさんに尋ねる。

「シュリは今、暗殺の型を身に付けるため、他の場所で修行しています」

「そういうことね」

「はい」

「じゃあ今日はありがと。またね」

俺はそう言って家の自分の部屋に帰り、就寝した。

それから毎日のようにトニーさんのところに行って剣の稽古、心構えを教わった。

そして数日が経ったある日、会いたくない人物と会ってしまう。

「ノアがなんでここにいるんだ？」

「それはこっちのセリフだよ。なんでアレックスがここにいるんだよ」

トニーさんと稽古しているところに、勇者パーティの一人、アレックスが現れた。

お互い呆然《ぼうぜん》とする。するとトニーさんが、

「アレックスくんは私が呼んだんだ」

「え？」

「アレックスくんは私と同じ職業である聖騎士であり、今後期待できる若手だから鍛えたいと思ってね」

「そ、そういうことですか」

俺は教わっている立場。トニーさんが誰を鍛えたいと思っても文句は言えない。

「それで、ノアはなんでいるんですか？」

「ノアくんには直々に教えてほしいと言われてね」

「あぁ〜。そういうことですか！」

アレックスはこちらをニヤッと見ながら、

「お前は自分で学びに来て、俺は教えたいって呼ばれたわけ。お前と俺じゃトニーさんにとっての評価が違うってことだよ。これが世間での評価ってこと。お前がトニーさんに勝ったのだって、何かしたんだろ？　だからオリバーからも見放されたんだよ。この前オリバーがパーティに誘った時に了承しておけばよかったものを」

「……」

　まあトニーさんは俺よりアレックスの方を育てたいと思ったのかもしれない。

「アレックスくん、それは違うぞ。ノアくんが私に勝ったのは紛れもなく実力だ。戦いの最中に何かしたわけでも、運がよかったわけでもない」

「え？」

「ノアくんはすでに確立した実力を持っている。だから私から教えることはないと思っただけだ。実力が上がるにつれて、教わるというより、自分から学ぶ、に変わる」

　トニーさんが俺を認めてくれていたことがものすごく嬉しかった。

「じゃあノアは、実力でトニーさんに勝ったってことですか？」

「そういうことだ。まだ私の方が強い部分もある。でも総合的に見たらノアくんの方が強い」

「……。そんなことあり得ない。あのノアですよ？　トニーさんに勝てるはずがない」

　アレックスは俺を睨みながらトニーさんに大声で言う。もう一度トニーさんと戦って勝てるって確証はないから何とも言えなかった。

「アレックスくん。君はなんでそんなにノアくんのことが嫌いなんだい？　元パーティメンバーじゃないのか？　私は元組んでいたパーティメンバーを嫌う理由が分からないよ」

「それは……。こいつが戦闘面で活躍していなかったから……」

まあそう思われてもしょうがない。俺はこいつらが認識できない魔物を倒していたのだから。

「本当にそうか？　それはアレックスくんが知らなかっただけなんじゃないのか？」

「そんなはずない！」

今にも俺を攻撃してきそうな勢いで言ってくる。

「だったらノアくんがパーティを抜けた後、戦闘の時にきついと思ったことはなかったかい？」

「それは、俺たちの調子が悪かっただけで……。それに油断していたのかもしれませんし」

「数日間調子が悪くなるのはわかるが、長期間調子が悪いのはおかしい。それに油断していたわけでもないだろう。考えてみなさい。パーティメンバーが抜けた後、誰が油断なんてする？普通は今までより警戒心をもってダンジョンに潜ったり、戦闘をするはずだろ？」

「……」

「君たちはこの前までノアくんたちとエーディリ王国にいたんだろう？　その時、ノアくんが強いと思わなかったのかい？」

「……」

アレックスは沈黙していた。沈黙しているってことは、少しは認めてくれたってことかな？

「では、こういうのはどうだい？　ノアくんとアレックスくんが模擬戦を行うっていうのは？」

その言葉に俺とアレックスは驚くが、すぐアレックスは俺を睨みつつも、

「俺はいいですよ。ノアはどうなんだよ？」

「俺もいいですよ」

「では二人で模擬戦をしてもらおうか。ルールは魔法なし。それだけだ。武器はいくつでも使用可能にしよう」

「分かりました」

「はい」

また魔法なしかと思いながらも模擬戦を行うことになった。でもこの模擬戦でアレックスの実力が分かるし、俺のためにもなる。

訓練場に向かう途中、トニーさんが耳元で言ってくる。

「申し訳ない」

「いえ。こちらこそ練習になるので、いい機会です」

「そう言ってもらえると助かる。今のアレックスくんは慢心しているんだと思う。だからノアくん、頼んだよ」

頼んだよって言われてもな。勝てるかも分からないし……。

「できる限り頑張ります」

俺とトニーさんが話しているところにアレックスが割って入ってくる。

「何話しているのですか？　早く始めましょう！」

「そうだな。では開始しようか」

俺とアレックスは一定の距離をとって合図を待つ。

「始め」

トニーさんの合図と同時に模擬戦が始まった。

アレックスは左右の動きを絡めながら攻撃を仕掛けてくる。トニーさんに言われたのを意識して、全体的に視野を広げてアレックスの攻撃に対処する。

「!?」

避けられると思っていなかったのだろう。戸惑っている一瞬を見逃さず、縮地で前に詰めて正面から攻撃する。なぜかその攻撃をアレックスは受けてしまう。

（？）

今までの敵は避けられていた。なのになんで？　そう思いつつ連続攻撃を仕掛ける。アレックスはあたふたしながらもギリギリで避けてくる。

本当ならここで一回様子を見るが、今回はトニーさんに実力の差を見せつけてほしいと言われているため、アレックスに余裕ができる前に攻撃をまた仕掛ける。

今までなら左右のみのフェイントを入れつつ攻撃していたが、今回は上下左右のフェイントに加え、足音を消して、どこから攻撃が来るのか分からなくさせた。

案の定、アレックスはフェイントに惑わされて手と足に攻撃を受ける。アレックスが怯んでいるため、少し試してみる。

ラッドくんにアドバイスをもらったように、体重移動を組み合わせながら残像が見えるように動くと、今までと感触が違うのが分かる。今までは足音を消して残像を見せるだけだったため、残像だとバレてしまう時があった。でも今回は体重移動を組み合わせたことにより、残像がより本体に見えるようになったと思う。

するとアレックスはあたふたして、俺がどこにいるか分からないようだった。それを見逃さず背後に回って、短剣を首元に突きつける。

「!?」

勝ちを確信して少し油断した瞬間、アレックスは俺を蹴り飛ばしながら叫ぶ。

「俺はこんなもんじゃねー」

魔法禁止だったのに光魔法——グランドクロスを撃ってきた。近距離で撃たれたため、攻撃は避けることができたが、衝撃波のせいで腕に少しダメージを受けてしまう。

グランドクロスで起きた砂煙を見逃さずアレックスの間合いに入り、脛《すね》を切り裂く。

「ッ！」

アレックスが床に倒れこむ。

「勝負あったな」

「はい」

「……」

トニーさんの合図で模擬戦が終わった。

「どうだ？　ルールを破ってまで魔法を使い、それでもノアくんに負けた。もう認めてもいいんじゃないか？」

「そ、それは……」

歯を食いしばっているのが分かる。

「アレックスが知っているノアくんはいないんだ」

「はい……」

戦意を喪失したのか、俺を睨むことすらしてこなかった。そして、

「ノア、悪かった。お前が強いってことは分かった。でもなれ合いはしない」

「分かってる」

そう言ってもらえて助かった。俺ももう、こいつらとなれ合うつもりはない。そこからトニ

ーさんが、今の模擬戦でどんな戦い方をしていたのかをアレックスに解説して、

「では、明日からノアくんと一緒に訓練しようか」

「「え？」」

お互いハモってしまった。アレックスも俺と一緒の考えをしていたのか。

「さっき言いませんでしたか？　俺はノアとなれ合いはしないって」

「言っていたな。でもそれは私のことを考えていないだろ？　私は一人しかいない。一緒の場所じゃないのに、ノアくんとアレックスの二人同時に教えるのは無理だ。だから一緒にやろうと思ってな」

「……」

「わかりました」

俺が了承すると、アレックスは、

「いいのかよ」

「しょうがないだろ。今断ればお互い実力は上がらない。だったら今回だけはしょうがないんじゃないか？」

そう。俺もルビアのためにレベルアップしたいし、アレックスだって今後オリバーたちと冒険する時のためにレベルアップしたいはず。だったらしょうがないだろ。

アレックスは少し嫌そうな顔をしながら了承する。

「じゃあ明日からやろうか」

「「はい」」

こうして三人での練習が始まった。俺はいつも通りトニーさんに精神面のことを教わり、アレックスは基礎的なことを教わる。そして何度か模擬戦を行う。一応俺が勝てているが、アレックスは剣の振りに鋭さがでて、無意味な動きをしない。基礎的な技術が向上していることが分かる。

そして数日経つと、俺とアレックスは昔みたいに話せるようになっていた。

「なあ。なんでお前はそんなに強いんだ？」

「子供の頃から死に物狂いで訓練させられたからな」

「そうか……、じゃあちょっと俺に指導してくれよ」

アレックスがそう言ったのに驚いた。今までなら罵倒などをされていたし、絶対に教えを乞うようなことは言わなかった。

（こいつも変わろうとしているんだな）

そう思った瞬間、円《ラウンド》が反応した。

（え？）

ちゃんと機能していたはずなのに、円《ラウンド》からルビアが消えた。

「悪い。ちょっと席を外す」

ルビアに何かあったのかもしれない。そう思うと動かずにはいられなかった。

「は？　なんでだよ」

「緊急事態だ……」

この時間帯はオフであるが、これは俺の仕事。アレックスに頼るわけにはいかないし、模擬戦が終わった時、お互いなれ合いはしないって約束した。

俺はすぐさまルビアがいた部屋に戻ると、部屋が荒らされ、ルビアがいなくなっていた。

「……」

その時、宰相であるドーイさんが少しにやけながらやってきて、

「これはどういうことだ！　ルビア様はどこにいる？　もしかしてお前が！」

（こいつ、なんで笑ってやがる。でも今はルビアが最優先だ……）

「違う！」

でもここを無断で出ていくと、王宮内で俺が犯人にされる可能性があるため、否定する。

「それはお前が決めることじゃない。潔白を証明したいなら独房に入ってもらう」

そんな時間あるはずないだろ！　今すぐにでも探しに行かなくちゃいけないのに……。もう俺が犯人でもいい。だから俺は窓から出ていく。

（頼む。無事でいてくれ……）

「ちょっと待て！」

その言葉を無視してルビアを探しに行った。

まずは敷地内にいる人たち、メイドや執事にルビアを目撃したか聞くが、誰も知らない。

（なんでだ？）

こんなに使用人がいるのだから、絶対誰かしら目撃しているはずなのに……。俺はすぐさま王室に向かうが、すでに中ではドーイさんが国王様と話していた。

「ルビア様が攫《さら》われました！」

「本当か！　犯人は分かっているのか？」

「たぶんノア殿かと」

「……。それはないと思うが、ドーイが言うなら、一旦ノアくんに身の潔白を示してもらわなくちゃいけない。ノアを探せ！」

国王様の命令とともに、騎士たちが総出で俺を探し始めた。

（クソ）
いち早くこっちに来ていればよかった。

俺はすぐさま王宮を出ようとする。その時、後ろから肩を叩かれる。

（⁉）

ここでつかまるわけにはいかない。そう思い、心の中で謝罪しながら腹を殴ろうとした。すると、それを受け止められた。

「おい！　いきなりどうした？」

「……。よかった。アレックスか」

「あぁ。それでどうした？　そんなに慌てて」

心配そうに尋ねてくる。言うべきか……。いや、迷っている余裕はない。

「ルビアが攫われた」

「は？」

「だから……」

ここで頼むべきか？　でもなれ合いはしないといったし……。

（バカか！）

意地を張らなければルビアの命が助かるかもしれないんだぞ！　そう思った時、思いがけない言葉を言われる。

「手伝うよ」

「いいのか……？」

「あぁ。元はと言えば、俺がお前と練習していたのが悪いしな。それにルビア様は俺たち国民にとっての宝。そんな状況で助けない理由はない」

「ありがとう」

今までの関係だったら、アレックスはこんなこと言わなかったかもしれない。

「それで、どうするんだ？」

現状どういう立ち位置をしているか説明する。俺が国から追われていること。そしてルビアがどこにいるか分からないこと。

「ノアが追われているってことは、俺も追われるってことか」

「悪い」

「いいって。でも今回だけだ」

「あぁ」

自分の立場が悪くなるかもしれないのに、そう言ってくれた。本当に感謝しかない。

「じゃあ、まずはルビア様を探しに行かなくちゃだな」

「そうだな。でも手掛かりがなくて……」

そう。今ルビアがどこにいるか分からない。王宮内での目撃情報がない以上、後は下町に出て人に聞くしかない。でも現状の俺は追われているため、それができない。

「一つ手がある」

「本当か⁉」

「あぁ。あいつが手を貸してくれればいいけどな」

「頼む。その人のところに連れて行ってほしい」

誰でもいい。力を貸してほしい。

「分かった」

アレックスの後をついて行くと修道院に着く。

（ここは……）

「ここだ」

「もしかして、マリアか？」

「あぁ。あいつなら分かるかもしれない」

マリアか……。断られなければいいけど。でもそんなこと言っていられない。絶対に力を貸してもらわなくちゃいけない。

中に入ると、子供たちとマリアが遊んでいるのを見かける。

(こんな顔で笑うんだな)

マリアがこんな顔をしているのを初めて見た。すると一人の男の子がこちらに来て、

「あ！　アレックス兄ちゃんだ！　一緒に遊ぼ！」

「ごめんな。今日はマリアに用があるんだ」

アレックスがそう言ってマリアの方に近づく。マリアも俺たちに気付く。最初は俺に気付いていなかったのか笑っていたが、俺を見ると顔が徐々に険しくなっていく。

「ねえアレックス。なんでノアがいるの？」

「それはまた後で話す。今回は頼みがあってここに来た」

「そう。でもノアの頼みなら聞かないわよ」

……。やっぱりか。

「じゃあ、俺の頼みってことじゃダメか？」

「それはノアの頼みをアレックスが言っているってことでしょ？　嫌よ」

「でも！」

「だから嫌って言っているでしょ？」

このままじゃ埒《らち》が明かない。一刻を争うんだ。

「マリア。いや、マリアさん。お願いします。力を貸してください」

床に膝をついて頭を下げる。するとマリアは声が裏返るように、

「え？」

「もうマリアさんしかいないんだ。お願いします」

「なんであんたはそこまでできるのよ！　私たちはあんたを追放したのよ？　そんな奴に土下座までして恥ずかしくないの⁉」

マリアが怒鳴ると、子供たちは全員修道院を出ていく。

「追放された仲間に土下座とか、恥ずかしいとかどうだっていい。今はルビアを救いたいんだ」

「……。分かったわ。それで何をすればいいの？」

「いいのか？」

「あんたにそこまでされて断るとかできるはずないでしょ。私は勇者パーティよ！　困っている人を助けるのは当たり前よ。それが元仲間であろうとね」

「あぁ。本当にありがとう」

俺は顔を上げて、マリアに現状の説明をする。

「そう。ノアは今追われているのね。それって、私も追われる可能性があるってことでしょ。本当に最悪」

「……。悪い」

「謝らないで。助けるって言ったんだから助けるわよ。それで何をすればいいの？」

マリアがこう言ってくれて本当に助かった。俺は今までこいつらと向き合おうとしてこなかったんだなと今更ながら後悔する。

「ルビアの居場所を探してほしい」

「……。難しいわね。でもやってはみるわ」

「本当にありがとう」

「だからいいって！　アレックスを見て思ったわ。私もあなたのことを誤解していたのかもしれないし……」

マリアはそう言って、魔方陣を書き始めた。

初めて魔方陣を見た。円の中に星の図が書かれている。

（こうなっているんだ）

数分経って、魔方陣が完成する。

「魔方陣は完成したけど、ルビア様の居場所を探すことはできない」

「え？　なんで……」

「それは私がルビア様と一緒にいたわけじゃないから。この魔法は一定以上、一緒に行動していた人を探す魔法。だからルビア様を見つけることはできないわ。でもノアならできるかもしれないから、やってみて」

「分かった」

魔方陣に魔力を注ぎ込むが、反応しない。

(なんでだ?)

マリアの方を向くと、

「ノア。もしかして適性属性は闇?」

「あぁ」

「この魔法は光属性だから使えないんだと思う」

「じゃあ……」

ここで適性属性があだになるなんて。これでまた振り出しか……。そう思っていると、

「ノアの魔力に私の魔力を組み合わせるわ。それならできると思う」

「助かる」

「この魔方陣には、一つだけやらなくちゃいけないことがあるの。魔力を入れる際、ルビア様のことを考えること。そうすることによって、ルビア様がどこにいるか頭の中に情報が入ってくると思うわ」

「あぁ。分かった」

「私はオリバー様でも考えるわ。そうすればオリバー様も助けてくれるかもしれないし」

お互いやるべきことが決まったため、魔法陣に魔力を注ぎ込む。すると魔方陣が光り出して、頭の中に情報が入ってくる。

中は暗く、大きな屋敷。中は……。テーブルと椅子が数個。椅子に何人か座っているのが分かる……。そしてルビアがベットに寝かされている。

（ルビアは無事っぽい。よかった。それにしても、ここはどこだ？）

もう少し魔力を注ぐ。すると、より情報が頭に入ってくる。ローリライ王国の近くの森に屋敷がある。ここは……。そう思った瞬間、マリアが魔力を注ぐことをやめた。

「どうした？」

「私の魔力じゃこれが限界。これ以上やってしまうと今後に影響する」

「そっか。ありがと」

自分のことばかり考えていたことに後悔する。するとマリアが、

「それで、ルビア様の場所は分かった？」

「あぁ。ローリライ王国の近くにある森。そこに大きな屋敷があって、そこにいる」

「え？」

するとマリアが驚くような声で言う。

「どうした？」

「オリバー様もそこにいるかもしれない」

「「は？」」

俺とアレックスがハモる。なんでオリバーとルビアが一緒の場所にいる？　もしかして……。

「それに、オリバー様がなんか変だった」

「変って？　まあいい。すぐそこに向かおう」

俺がそう言うと、二人が頷き修道院を出る。辺りは暗くなり始めている。外には王宮騎士が数人立っていた。たぶん俺とアレックスが一緒にいたのを見られたのかもしれない。だとすれば、マリアがいるここに来るのも納得する。

「ノア様、王宮にお戻りください。お願いします」

「それは無理だ。今から向かわなくちゃいけない場所がある」

「これは国王様からの命令です。最悪、力ずくでもお連れしなくてはなりません。どうかお願いします」

そこでアレックスとマリアが、

「それは無理だ」

「ええ」

「お二人も罪に問われますよ？」

「「そんなの関係ない」」

　すると次々と騎士たちは、俺たちに向かって剣を向けてくる。

「剣を向けるってことは、お前たちもそれなりの覚悟をしろよ」

　アレックスがそう言う。すかさず、マリアが騎士たちに魔法を唱える。すると騎士たちが一人また一人と眠り始める。

「え？　マリア、何をした？」

「軽い催眠魔法をかけただけよ。十分もしたら起きると思うから、早く行きましょう」

「あぁ。助かる」

　こういう時、光魔法は便利だなって実感する。光魔法なら敵を攻撃しなくても無力化することができる。

　騎士たちが寝ている間に、俺たちはローリライ王国を出て近くの森に向かう。十分程度探すが見当たらない。すでに夜になって、月明かりが照っている。

「本当にあるのか？　見当たらないけど」

「私とノアが同じ場所を同時に見たってことは、絶対にここら辺にあるはずよ」

それから数分探すと、一カ所だけ時空がゆがんでいるところを見つける。

「あった！」

俺が叫ぶと、二人がこちらに近寄ってくる。

「もしかして幻術魔法？」

「たぶん……」

幻術魔法を解く方法は二つある。一つ目は術者が解くこと。二つ目は、幻術魔法以上の魔法を近くで撃つこと。だから俺は落雷《ライトニング》を撃つ。

「おい！　いきなり撃つなよ」

「そうよ。一言ぐらい言って。それに魔法を使ったってことは、じき騎士たちにバレるわよ」

「悪い……」

後先考えずに撃ったことを少し後悔する。でも落雷《ライトニング》を撃ったおかげで幻術が解けていた。マリアが呆れた顔で、

「まあしょうがないね。それになんでノアをこんなに嫌っていたのか分からなくなってきたわ」

「あぁ」

「え？」

二人の言葉に聞き返してしまう。

「だって追放した時は、ノアなんて無能の雑魚だと思っていたわ。なんでこんなコネで勇者パーティにいるのかなってね」

……。そう思われていたのか。でも、そうだよな。実力をあまり示さず入ったら、そう思われても仕方がない。

「俺も思っていた。でもエーディリ王国での出来事や、そしてトニーさんとの訓練。それを一緒に行ってきて、考え方が変わったよ。俺の考えが間違っていたのかなってさ」

「えぇ。まあそんなの今はいいわ。それよりも先を急ぎましょう」

俺たち全員が頷いて屋敷に向かった。そして屋敷が近くなったら、何人か刺客が現れる。アレックスと俺で刺客相手に時間を稼いでいる間にマリアが催眠魔法をかけてその場をやり過ごして、屋敷に入る。中は暗く、どこへ行けばいいか分からないでいると、見知っている奴が一人こちらに近寄ってきた。

「オリバーか？」

「……」

俺が話しかけるが、返事がない。二人も驚いて棒立ちしていた。

「オリバー様！　なんでここに？」

「……」

「オリバー、状況は後で説明するから、俺たちと来い」

「……」

アレックスとマリアの呼びかけも無視して答えない。いや、無視というより、オリバー自身、意識がないようだった。と突然、オリバーが俺たちに攻撃を仕掛けてきた。

(!?)

◆◇◆◇◆

ミア様の報告によって、俺たち勇者パーティは一旦解散させられた。支援も一応は俺だけもらえるようになった。本当なら今頃、三人でもっと高みに挑戦していたところなのによ。

(それもあいつのせいだ)

俺が直々にパーティに戻ってこいって言っているんだぞ？　それなのになんで戻ってこねーんだよ。途中でルビア様が来てパーティに戻らない決断をしたのだろうけど、俺は勇者だぞ？　それにあいつは暗殺者。世間から見ても、勇者と暗殺者のどっちを信用するかなんて明白だろ。それなのにあいつと関わった人全員があいつの味方をする。なんかあいつのいいところでも見つけたか？

（何なんだよ）

そう思っていると、おばあさんにもらった指輪から魔力がみなぎってくるのが分かる。

（？？）

何だ？　知らない感覚だ。体に自分以外の魔力が入ってくる感じだ。でもなんか気持ちいい。力がみなぎってくる。

あいつと模擬戦した時は油断したけど、今なら勝てる。そんな気がした。でも俺一人じゃ、高難易度のクエストを受けるわけにはいかない。

そこから数日間、ノアのことを考えていると、徐々に魔力が増えていくような感じがした。

すると女性の声が聞こえた。

『ノアがうざい？』

「は？」

すぐさま周りを見回すが、誰もいない。

（気のせいか？）

また声が聞こえた。でもなぜか、心地よい声だった。

『お前から全てを奪ったノアが憎い？』

そうだ。あいつがうざい。憎い。あいつさえいなければ、今頃楽しい人生を歩んでいたはずだ。あいつさえいなければ。

『ノアを殺したいよね？』

ああ。殺したい。俺から奪ったように、あいつから何もかも奪いたい。なんであいつだけ楽しそうにしているんだよ。そんなの許さない。

『殺っちゃおうよ』

殺したい。でもどうすればいいんだよ。あいつを殺すと、俺が悪者扱いされる。そうなれば、勇者が暗殺者より悪い印象にならざるを得ない。

『大丈夫。王女様を攫えばいい』

は？　そんなことしたら俺が悪いだけだろ。それにルビア様を巻き込むわけにはいかない。

『王女様は攫うだけ。ノアに攫った罪を擦《なす》り付ければいい。あいつは暗殺者なんだから』

そうか。俺は悪くない。あいつに全てを擦り付ければいいだけ。

『そうよ。あなたは悪くない。悪いのは、あなたから全てを奪ったノア』

徐々に俺へ話しかけてくる言葉に耳を傾けてしまう。だけど、それが悪いと思えない。俺は悪くない。あいつが全て悪い。

「そうだ。あいつが悪い」

とうとう言葉に出してしまう。すると、

『そう。全てノアが悪い。じゃあ今から言うことをやってみて？』

「分かった」

言われるがままに王宮に入ると、王宮内には誰もいなかった。

（本当にいないんだな）

そこから俺は、光魔法と水魔法の複合魔法である幻影《ミラージュ》を使い、姿を消して、ルビア様がいる部屋に入る。すると怯えているような顔でルビア様が問いかけてくる。

「え？　誰かいるの？」

『あなたのことは見えていないから、気にしなくて大丈夫。それにあなたが悪いわけじゃないわ。こうなったのも全てノアがいたからよ？』

（そうだ）

ルビア様に催眠魔法をかけて眠らせる時、ルビア様が少し暴れて、部屋にある家具が壊れてしまう。

『これも想定内よ。王女様にも幻影《ミラージュ》をかけて王宮を出ましょう』

（それだとバレるんじゃないか？）

『大丈夫よ。ちゃんと策はあるわ』

なら大丈夫か……。そして王宮を出た時、頭に激痛が走る。そこから徐々に、自分で判断できなくなっていった。そして時間が少し経過したところで、ノアたちが俺のところに来た。

『殺したい』

あぁ。殺したい。でも、なんでアレックスやマリアもいるんだ？

『ノアに騙されているのよ』

そうか。二人も助けなくちゃ。そうだ、俺は勇者。困っている人を助けるのは当たり前のこと。でも、なんで二人ともそんな顔をしているんだ？　二人ともこっちにこい。今からノアを殺すぞ。ルビア様は無事だから安心しろ。

（あれ？　二人に伝えたいのに声が出ない）

『ふふ。ここまでね』

何か聞こえた気がする。でもそう思った時、意識がなくなった。

◆◇◆◇◆

オリバーの攻撃に対して、二人はいきなりのことで反応できなかったため、俺が二人を守るように短剣で攻撃を受け流す。

「オリバー様？」

「……」

マリアの問いかけにも返事せず、また攻撃を仕掛けてくる。二人は信じられないようで棒立ちしている。

「自分の身は自分で守れ！」

俺が叫ぶと、二人とも我に返り攻撃をかわす。それでも二人は、今の光景が信じられなさそうにしていた。俺だってそうだ。オリバーがこんなことをするはずがない。そりゃあ俺を攻撃してくるのは百歩譲って分かる。でもアレックスやマリアを攻撃してくる理由はない。もしルビアが俺を攻撃してきたら、二人みたいに棒立ちしてしまうかもしれない。

「あ、ありがとう」

アレックスがお礼を言ってくる。

「それよりも、なんでオリバーがこうなっているのか分かるか？　なんか理由があるんじゃないのか？」

「分からない。なんで俺たちを攻撃してくるんだ？」

「分からないよ。オリバー様がこんなことするとは思えないし……」

「あぁ。それは二人と一緒の意見だ。だからなんか理由があるはずだ」

こう会話している間も、オリバーは俺たちを攻撃してくる。うまく俺とアレックスが防いでいるが、このままだとどうすればいいか分からない。前に進めない状況だった。今のオリバーは何かが変だ。ここに来る前、マリアもオリバーが変だと言っていた。でも今オリバーにかまっている余裕はない。最優先はルビアだ。でも二人の状況からして、俺だけルビアを探しに行くわけにも……。

「ノア。お前は先に行け。ここは俺たちが何とかする」

「は？　でもお前たち、オリバーと戦えるのか？」

「無理に決まっているだろ。でもオリバーは仲間だ。ノアを俺たちの問題に巻き込むわけにはいかない」

「それは俺だって一緒だろ！」

アレックスはこう言っているが、ルビアに関しては俺の問題だ。だったら俺も助けるのが道理だろ。でも二人は、

「ノア！　あんたはオリバー様とルビア様のどっちを選ぶのよ！　私たちが手伝った時とあんたが手伝おうとしている今は状況が違うじゃない！　ちゃんと状況を判断しなさい！」

「そうだぞ。お前は俺たちにかまっている余裕はないはずだ。自分のなすべきことだけ考えろ。俺たちのことはいい。お前が戻ってくる時には俺たちも解決していると思うからさ」

「あぁ。じゃあ頼んだぞ」

二人を後にして屋敷の奥に進もうとした時、オリバーは俺をめがけてグランドクロスを放ってくる。

（！）

二人に任せたと思って油断していた。その時、アレックスがオリバー同様にグランドクロスを撃って相殺してくれる。

「早く行け！」

俺は頷き、奥に進む。まずは円《ラウンド》を使って敵の位置を把握する。隣の部屋に二人、その奥の部屋に三人。そして二階に十人ほど。

（数が多い……）

分かる範囲でも十五人。助けた後で襲撃を受ける可能性があるため、まずは下の階にいる奴から倒して行く。

隣の部屋に入る。すると二人が同時に毒矢を撃ってくる。矢をうまくかわして存在感を消す。

（暗殺者には暗殺者なりの戦い方がある）

普通の相手なら標的以外にも注意して戦う。でも今の状況では、俺だけしか警戒しないはず。だったら俺に集中させればいいだけ。

まずは存在感を消して位置を眩ます。その後、殺気を放って位置を教える。そうしたら二人が俺に向かって殺気を少し出してきた。

（よし）

誰だって殺気を出されたら、殺気を出してしまうもの。だったらそこを狙えばいい。どちらも位置がはっきりしたところで、真正面から火玉《ファイアーボール》を放つ。すると二人はうまくかわす。でもそこで俺は残像を作って俺だけに集中させる。

（暗殺者なら、この状況ではあまり動いてこない）

暗殺者なら、確実に殺せる時に本気で攻撃してくる。だから今は姿を眩ませるのを優先してくるはず。

案の定、敵は姿を眩まそうとしてきた。そこを突いて攻撃していく。すると一人の暗殺者が、

「第二王女はもう死んでいるぞ」

（!?）

いや、動揺させようとしているだけだ。迷うな！　俺はそう信じ込んで敵を攻撃する。一人目をみねうちで気絶させると、もう一人の暗殺者が、金色の髪を床に捨てた。

「ほら！」

「あ、あぁ……」

紛れもないルビアの髪だった。自分への不満と後悔がわいてきて、膝を突く。その時、暗殺

者が俺の首めがけて刺してこようとした。

「もういいよ」

「は？」

暗殺者の攻撃を避けて首を斬る。

（もういい。俺が迷っていたからだ……。俺がルビアとずっと一緒にいれば、こうならなかった）

だったらこいつらぐらいは……。自分にかけていたストッパーが外れたのが分かる。

「人を殺しても何も思わないか……」

これまでなら人を殺したら苦しかった。でも今は何も感じない。次の部屋に行っても何も考えずに殺していく。

「ルビア。俺が間違っていたよ。俺がちゃんと暗殺者になれば。そう、人を殺すのにためらいなんてしていなければ」

そう思わなかったら、トニーさんやアレックスと訓練しなくて済んだ。もっと俺の決断が早ければ……。そうだ。もうここからは人を殺せばいいんだ。

（ルビア、すぐそっちに行くよ）

でもそれは今じゃない。こいつらを殺してからだ。そしたらルビアのところに行こう。血濡れをふきながら二階へ向かった。

ルビアがいるであろう部屋に向かうにつれて、徐々に憎悪が増してくる。自分に対する憎悪、そして敵に対する憎悪。今の俺は憎しみしか感じられなかった。

（全員殺す）

もうどうでもいい。一階にいた敵が、ルビアはもう死んでいると言っていた。生きていると信じたい。でもルビアの髪を見てしまった以上、生きている可能性は低い。ルビアがいないのに、生きている意味なんてない。

（なんで大切な人すら助けられないんだ）

他の人なんてどうでもいい。ルビアさえいてくれれば。そう思っていた。俺を助けてくれた人に恩返しすらできずに俺は……。

（こんなこと考えても意味ない……）

まずは目の前のことに集中しよう。部屋の扉を開くと、見知った顔がいた。

「な、なんで……」

「なんでだと？　そんなこと、決まっているだろ。ルビア様とお前が私にとって邪魔だったからに決まっている」

「……」

ドーイさん。うすうすこの人が今回の黒幕だと気付いていた。でも確証がなかった。周りの目を気にしすぎていた……。

（あの時、殺していれば）

そう。今思えば、ルビアとエーディリ王国から戻ってきた時からおかしかった。驚いた顔、そしてなぜか安堵したような言葉。あの時は道中危険がなかったかを心配したのかと思った。でもそれなら驚いた顔をするはずがない。それに加えて、俺たちが襲われたのを知っているはずがない。ミア様が国に報告したとはいえ、重要な情報だ。知っていて国王様と王妃様、そして本当に身近な人しか知らないはず。
（クソ）
するとドーイさんが話し始める。

「ルビア様の行動が今までうざかった。国のために金をちゃんと回しているかとか、国民を最優先に考えているかとか。そんなの二の次だろ。まずは私たち上級国民が優先だ。それなのにあいつは、給料を減らしてでも国民に渡そうとした。あまつさえ、私が金を横領していたのに気付き始めていた。そんなことを国王様に言われたら、私はクビだけでなく厳罰だ。そんなこと許されるはずがない」

「……。それはお前が悪いからだろ」

ドーイさんは鼻で笑いながら、

「私は悪くない。国を動かしている身分なんだから、それなりの報酬をもらって当然だろ。それにノア、お前も気に食わない。お前も気に食わない」

俺のどこが気に食わないんだ？　俺は特にこいつに害をもたらしたわけじゃないし。

「今は男爵だろうが、もともとはただの平民。そんな奴が王女様の護衛？　笑わせるなよ。私が推薦した護衛を雇っていればいいものを」

「……」

こういう奴がいるのは分かっていたが、こんな身近にいたとは思わなかった。

「お前のことは調べさせてもらったよ。いや、お前の実家のことをか。そりゃあ大変だったさ。お前の実家の情報は国家機密になっているんだからな。なんで平民の情報が国家機密になっているのか分からなかった。でも調べれば調べるほど納得したさ。お前の実家は……」

（実家が国家機密？　初めて知った）

ドーイさんが続きを言おうとした時、よく分からない別の奴が話し始める。

「お話はここまでにしましょう。時間をかければかけるほど、私たちの不利になります。今すぐこいつを殺しましょう」

「そうだな！　でも、まずはこれを見せてやろう」

そう言って少しばかり明かりがつくと、そこにはルビアが寝ていた。

「ルビア！」

生きていた。死んでいると思っていたから、本当によかった。生きていると分かっただけで希望が持てた。それと同時に、人を殺してはいけないという感情が少し戻ってきた。

「こいつにはもっといい使い道があるからな」

「使い道？」

「性格はクソだが、顔はいい。殺すのはもったいない。そこら辺の貴族に売ればいい金になる。それにこんな使い方もできる」

そしてドーイさんはルビアの顔に剣を当てて傷をつける。うっすらとだが、血が流れているのが分かる。

「ゲスが」

ルビアに気がいっていると、刺客の奴らが俺に攻撃を仕掛けてくる。すぐさま避けて、夜の暗闇のところに移動する。

「動くな。少しでも動いたらこいつを殺す」

動いたらルビアは死ぬ。動かなくても、ルビアは今後生き地獄になるだけ。だったら……。もう殺すことにためらいなんてない。

俺は影移動を使ってドーイさんの後ろに行き、首を掻っ斬る。

「お、おまえ……」

ドーイさんが横たわり死んでいくのが分かる。それを見ていると、刺客が俺に全方位から攻撃を仕掛けてくる。

(ルビアを守りながら避けることはできない)

使いたくない。こんな奴らの記憶なんて見たくない。でもここで使わなかったらルビアは……。迷っている余裕なんてない。

ドーイさんの影を召喚する。精神を持っている死体を召喚する時、そいつが死ぬ間際の記憶、苦痛などが一瞬にしてやってくる。

「ッ……!」

人を殺したい。国民が憎い。俺さえいればいい。そんな感情が自分の中に入っていくのが分かる。そして体全体に激痛が走った。

苦痛に耐えながらドーイさんの影を盾にして、ルビアを守る。そして俺は影移動で刺客たちの背後をとり、一人ずつ殺していく。

(俺は悪くない。こいつらが殺そうとしてきたのが悪い。でも……)

自分の感情に抵抗しながら最後の一人を殺した時、俺の感情がなくなっていたのに気付けなかった。誰でもいいから殺したい、そう思えていた。

何で今こうしているのか分からずに数分間、棒立ちしていると、ルビアが目を覚ます。

「ノア？」

「……」

ルビアに名前を呼ばれても、何とも思えなくなっていた。

ルビアが泣きながら抱きついてきた。

「どうした？」

「こ、怖かったよ……。ありがと」

「どういたしまして」

やっぱり怖かったよな。死んでいたと思っていたから、助けられてよかった。それから数分間この状態が続いて、やっとルビアが離れてくれる。

「ノア。大丈夫？」

「大丈夫だけど？」

大きな怪我をしているところなんてない。かなり疲労はしているが大丈夫だ。するとルビアが俺を疑っている、いや観察しているような目で見る。

「何て言えばいいのかな。無理している気がする……」

「ん？　そうか？」

するとルビアは驚きながら聞いてくる。

「もしかして、ここにいる人全員ノアが？」

「そうだけど」

ルビアは周りを見ながら申し訳なさそうな顔で、

「ごめんなさい。私のせいでノアに人を殺させちゃった」

「別に大丈夫だよ。魔物を倒しただけだし」

そんなことを心配していたのか……。別に気にしなくていいのに。だって俺は人を殺したわけじゃない。誰かを殺そうとしている奴は魔物だ。人なんかじゃない。俺がそう言うと、ルビアは驚いた顔で言ってきた。

「え？　ノア、今なんて言ったの？」

「だから、気にしなくていいよって言ったんだよ？」

耳が遠くなったのかな？　こんな状況だと、そうなってもしょうがないか。

「違う！　その後だよ！　この人たちを魔物って……」

「ん？　違うか？　人をためらいなく殺そうとしている奴なんて魔物だろ？　殺して当然のことをしたまでだよ」

するとルビアはなぜか泣きながら、

「ノア……。ここに倒れているのは、魔物じゃなくて人だよ？」

「それは違うよ。ルビアを殺そうとして、俺も殺されかけた。そんなのただの魔物。会話ができる魔物と一緒だよ」

強い魔物になるにつれて、会話ができる奴は増える。そいつらと同種だと思う。すると、いきなり抱きつかれる。

「ん？　どうした？　まだ怖いのか？」

「怖いよ。変わっていってしまうノアが怖い」

「俺が変わるのが怖い？」

人は誰だって変わっていく。変化するのは当たり前だろ。

「私はどんなノアだって好きだよ？　でも、人を殺しても何とも思わない今のノアは……。ちょっと考えてみて。今後、ノアが人を人と思わなくなってしまったらどうなるのか」

別に何とも思わないけど……。

「ノアは人の感情をなくしてしまうと思う。だから、前のノアだった時のことを考えてみて」

「前の俺とは？　前も今も俺は俺だけど？」

「そうだけど違うの！　前のノアは、人を人として考えていた」

より強く抱きしめられながら言われる。

「……」

何を言っているんだ？　今も昔も俺は俺だろ？

「ノア。もう一度考えてみて。人を殺した時、ノアはどう思った？」

「どうって言われても。何とも思わなかったけど？」

「違う！　エーディリ王国の時、ノアはどんな感情だった？」

「……」

思い出せない。思い出そうとすると、心がモヤモヤする。

「その人をずっと待っている人、大切に思っている人がいる。その人生を終わらせちゃって悲しかったんじゃなかったの？」

「……」

言われてみれば……。でも殺した奴らが悪い。俺は悪くない。

「助けるために殺すのはしょうがないよ。だって私たちの命も狙われていたんだもん。でも、人を殺して何とも思わないのはダメだと思う。だって、その気持ちをなくしちゃったら、ノアが言っている魔物と一緒になっちゃう」

「！」

突然、ルビアが俺に魔法を使ってきた。

「え？　なんで？」

驚いた顔で俺を見てくる。無意識に使っていたんだと思う。でもその魔法がなぜか心地よかった。心が満たされる感じがした。すると、なんで殺した相手を何とも思わなかったのか、ルビアが抱きついてきても平然としていられたのかを考えさせられる。

「……」

そこでやっと、ルビアが俺に言ってくれた言葉が刺さる。俺が殺人鬼になってしまう。人は魔物じゃない。人それぞれに人生があって、大切な人がいる。そう思うと涙が出てきた。

「おいで」

俺は膝をつきながらルビアの胸に抱きつく。

「辛い思いをさせてしまってごめんなさい」

ただただ嗚咽しか出てこなかった。それから何分こうしていただろうか。やっと自分が何をしていたのかを理解する。そして自分があと少しで、殺人鬼になろうとしていたことに気付き、怖くなる。

「私はノアが好きだよ。誰かを考えて行動できるノアが好き。だから、人を殺そうとする奴は魔物だとか言わないで。私はノアにそうなってほしくない。私に人を殺す力はない。だからノアが私の代わりに殺してくれる。でも、それをノアだけが抱え込まないでほしい。私も一緒に辛い気持ちを背負うから」

「あぁ。ありがとう」

やっとルビアの顔を見られた。するとルビアもなぜか泣きながら、

「私は人を殺すことを悪いことだと思わない。だって、殺されそうになったら自分を守ろうとして、殺してしまう時があるから。でも感情だけは捨てないでほしい」

「あぁ。俺を俺でいさせてくれてありがとう」

このタイミングで助けてもらえて本当によかった。少しでも遅かったら、俺は俺じゃなくなっていたと思う。

「ううん。私こそ、今まできちんと言ってあげられなくてごめんなさい」

ルビアのおかげで楽になったと思う。そこでやっと目の前のことを思い出す。

「外にアレックスやマリア、そして敵にオリバーがいるんだ！　あいつらを助けに行かなくちゃ」

「早く行きましょ」

俺たちは屋敷の入り口を目指して歩き始めた。

エーディリ王国から帰ってきて、ノアは時間を見つけては、トニーさんと訓練している。

（もうちょっとかまってくれてもいいのに……）

私のために訓練してくれているのは分かっている。だから何も言えない。だけどこの前みたいに、もうちょっと一緒に話したい……。身近で私と対等に話してくれる人はノアしかいないのだから。

◆◇◆◇◆

それから数日後、元勇者パーティのアレックスさんがノアたちの訓練に加わっていた。

（大丈夫かな？）

ノアにとっては元仲間ではあるけど、決別した仲間。そんな人と一緒に訓練して問題が起こらないわけがない。でも私の考えとは裏腹に、時間が過ぎていくごとに、ノアとアレックスさんが仲良くなっていくのが分かる。

（よかった。仲直りできている）

仲直りしたということは、もしかしたらノアが勇者パーティに戻ってしまうという考えが頭をよぎる。もう私の護衛はやってもらえないかもしれない。

（そうなったらどうしよう……）

私はちゃんと祝福してあげられる？　ノアがいなくなっても、ちゃんと今まで通りのことができる？　少しずつ怖くなっていった。でもそれは私を中心にした考えであって、ノアのことを考えていない。だから無理をしてでも祝福してあげたい。ノアは私の駒じゃない。ノアにだってやりたいことはあるだろうし、私がノアを縛っちゃいけない。


そう思った日から、頭があまり働かなかった。

そして数日経って、やっと気持ちの整理を終えて、自分のやるべきことに目を向けた。

「私も私の仕事をしなくちゃだよね……」

そう思い、国の資料を整理し始める。すると一枚の資料がおかしいことに気付く。

（あれ？　これって……）

最初は見間違いかと思った。だからこの町、アキラントの資料を集めた。すると、思った通り、ドーイがアキラントの管理に就任してから徐々にだけど、税金が高くなっていることに気付く。あまつさえ、町の出入りに通行料を取っていた。

（おかしい……）

普通は、国民の負担にならない程度に徴収するもの。でもこの金額や通行料は取りすぎだよ。

そこで、ここ最近ドーイと話したことを思い出す。国より私たち支配階級が優先じゃないか？

など、いろいろと問題発言をしていた。

（もしかして、わざとやっていた？）

そう思い、すぐさまパパやママのところに行って報告しようとした時、部屋の扉が開いた。

「ノア？」

最初はノアだと思った。でもそれなら、入る前にノックをするはず。だったら誰？

「誰かいるの？」

怖い。ノア助けて！　そう思いながら誰か分からずに抵抗するが、徐々に意識が遠のいていくのが分かる。

（な、なんで……）


目を覚ますと、目の前に血まみれのノアがいた。

（助けてくれたんだ）

ホッと安心してノアに抱きついてしまう。そして周りを見回して状況を確認する。よく知らない屋敷であり、周りには死体が転がっていた。

この死体はもしかしてノアが……。そう思ってノアに尋ねると、心ここにあらずという感じで、自分がやったと答えてくれる。そしてノアは、死体のことを魔物だと言った。

ノアの言葉にどれだけ衝撃を受けたか分からない。今までのノアなら、人を殺したら自分を責めて滅入っていた。でも話していて分かる。今のノアは殺した人を人と思わず、殺すことに躊躇いがなくなっている。

(このままじゃ……)

私は怖くなった。このままじゃ、優しいノアが戻ってこれなくなってしまうかもしれない。そう思った。どんなノアだって受け止める気持ちはある。だけど優しいノアに戻った時、今まで行ってきたことを後悔すると思う。そうなったらノアが壊れてしまう。そんなノアを見たくなかった。

だからこそノアに問いかけた。人を殺した時どう思ったか。そして、ノア一人が背負い込まなくてもいいと。少しばかり感情的になってしまったと思う。だけどそれぐらいしなくちゃ、ノアは戻ってこれなくなってしまうと思った。

ノアを強く抱きしめながら問いかけていると、なぜか私たちの周りが光りだした。

(なんで?)

まだ私は魔法を使えない。それなのに使ってしまっている。最初はノアが使っているのだと思った。でもノアの適性属性は闇だから、光魔法は使えない。だから私が使っているのだ。その魔法のおかげで、ノアは徐々に感情を取り戻していくのが目に見えて分かる。

（間に合ってよかった。でもノアをここまで追い詰めてしまって……）

本当に申し訳ない気持ちでいっぱいだった。私がしっかりしていれば、こうはならなかったと思う。ノアが泣いているので抱きしめながら宥《なだ》める。

数分経ち、ノアが平常に戻って言う。外にアレックスさんやマリアさんが助けに来てくれている。そして敵に勇者オリバーがいることを。そこでやっと分かる。

（もしかしてオリバー様が私を攫った？）

そう思うと怒りがわいてきた。でもそんなことどうでもいい。助けに来てくれた二人、そしてノアがどれだけ頑張ってくれたか。だからもしオリバー様が騙されているのだったら、私がみんなに助けられたように助けてあげたい。

私とノアはすぐさま、様子のおかしいオリバー様のところに向かった。

◆◇◆◇◆

屋敷の入り口に着くと、戦いの痕跡が残っていた。あたり一面崩壊寸前であった。衝撃で床に穴が空いていたり、焼け焦げた跡が無数にあった。

（無事でいてくれ）

俺の中で、アレックスとマリアに対する気持ちが変わりかけていた。俺を認めてくれて、率先して助けてくれたアレックス。最初こそ嫌そうにしていたが、結局は助けてくれたマリア。二人がいなかったら、ルビアを助けることはできなかったと思う。だからこそ二人を助けたいと思った。

ルビアとともに屋敷を出ようとした時、二人の声が聞こえた。

「オリバー！　目を覚ませ」

「私たちが分かりませんか？」

「……」

どういう状況か分からない。でも早く向かわなくちゃいけないのは分かる。ルビアと急いで屋敷を出る。するとアレックスとマリアが、ボロボロになりながら立っていた。二人に叫びながら問いかける。

「二人とも大丈夫か！」

「あぁ。ノアの方こそルビア様は……。無事そうだな」

「よかった……」

二人とも安堵した表情でこちらを見てくる。

「オリバーはまだ……」

「一言も話してくれねー。なんでなんだ？」

「ええ。いつものオリバー様じゃない」

オリバーの方を見るが、ただただこちらを見ながら立っていた。

(なんなんだ？)

二人が言うように、オリバーがオリバーじゃないことが分かる。いつものオリバーなら、ここで俺に文句の一つでも言ってくるはず。なのに何も言ってこないでこっちを見る。そして俺たちに向かって光の太刀を放ってくる。

ルビアを守りながら衝撃波を受け流す。

「オリバー、目を覚ませ！」

「……」

普通話しかけたら少しだけでも反応するはずなのに、全く反応がない。

(？？)

頭に二つのことが思い浮かぶ。オリバーが洗脳されているのか、オリバーがオリバーでなくなってしまったのか。もし前者なら助けようがある。だけど後者なら……。もしかしたら俺と同じような状況になっているかもしれない。人を人だと考えられない。誰でもいいから殺したい。そこまできてしまったら、助けるのは難しい。

俺はルビアがいたからギリギリのところで助けられた。でもオリバーはどうなんだ？　そううまくいくのか？

「オリバーと戦っていて、二人ともどう思った？」

「強いとしか……」

「違う。あいつ自身をだ」

「オリバーがオリバーじゃない気しかしない」

「うん」

「それはオリバーの感情がなくなっている感じか？　それとも、オリバーじゃなくて他の誰かになってしまった感じか？」

するとオリバーが俺たちに攻撃を仕掛けてくるので、アレックスが対処する。その間にマリアと話す。

「誰かに操られていると思う。オリバー様のものじゃない魔力が流れているみたい」

「……。なんでそんなこと分かるんだ？」

マリアと俺の実力が離れているとは思えない。だったら実力差で分かるとは考えられない。だとしたら、俺が知りえない魔法があるのかもしれない。

「聖女の固有魔法で魔法の流れが見えるの。普通なら魔法の流れは一種類だけ。だけど今のオリバー様には二種類の魔法が流れている感じがする。まだ私も使いこなせているわけじゃないから分からないけど」

「そんな魔法があるのか……。一種類だけって、他属性の魔法ってことはありえないのか？」

「それはないわ。生きている生物には基盤となる魔力がある。そこから属性を変化させて魔法を繰り出すの。だから他属性でも判別できないことはないわ」

「そうか」

その時、アレックスが倒れる。

「！」

すぐさまアレックスのもとに行って助けに入る。オリバーの攻撃がこの前戦った時より、重くなっているのが分かる。こんな短期間でここまで強くなれるはずはないと思う。実力が開花する時はある。だけどこれは違う。一撃一撃の攻撃が強くなるっていうのは一朝一夕で身に付くものではない。時間をかけて徐々に強くなる。それなのに、今のオリバーは剣を振る速度や威力が今までとは違う。

そこで一つ思いつく。

「ルビア！　俺に使った魔法をオリバーにも使えないか？」

「え？　でもあれは偶然できたことで……」

「頼む。時間は稼ぐから！」

もうこれしかないと思った。俺をあの時助けられたのだから、オリバーだって助けられるかもしれない。このままじゃオリバーを助けることはできない。最終的には全員死ぬか、オリバーを殺すしかない。でもそんな状況にはなりたくなかった。

「わかった……。やってみるわ」

十分程度オリバーと戦うが、防戦一方であった。フェイントが効かない。魔法も避けられる。そして影魔法ですら対処される。

(どうすればいいんだ！)

そう思った時、ルビアとマリアが、オリバーに向かって魔法を繰り出す。するとオリバーが苦しそうに言う。

「……。逃げてくれ。頭の中で語りかけてくるんだ！　ノアを殺せ、お前は悪くないって」

「……」

その言葉に全員が棒立ちしていた。オリバーが言った言葉……。俺を殺せ……。そこまで憎まれていたなんて……。オリバーが今の状況になったのは自業自得と言えばそうだろうけど、俺のせいでもあると思う。俺がもっとうまくオリバーとやっていれば……。そう思っていると、オリバーが声をあげる。

「殺せ。俺が俺であるうちに……。アレックス、ノア頼む」

オリバーから初めて言われた頼みであった。

「分かった」

するとみんな驚きながらこちらを見てきた。

「ありがとう」

了承したことでオリバーが礼を言う。俺が言ったことについて、ルビアが驚きながら聞いてくる。

「ノアどういうこと！　オリバー様を殺すって」

「今すぐ殺すわけじゃない。でも最終的には殺すことも考えた方がいいってこと。オリバーの意識があるうちに了承しなかったら、あいつはどう思う？　安心していられるか？」

俺がオリバーの立場で、仲間を殺す可能性がある状況であったとして、殺すことはできないなんて言われたら安心できない。もし意識を取り戻した時、仲間が死んでいたら？　絶望しかないと思う。その後の人生が生き地獄になるのは明白だ。だったら、殺すと言ってあげた方がいい。そして、助けられるなら助ける方針にした方がいい。まずはオリバーのことを考えるのが最優先だと思う。

「……。じゃあ、まずはオリバー様を助けるのが最優先ってことだよね？」

「あぁ。でも最優先は違う。全員が生き残って王宮に戻ること。それが最優先事項だ」

「それにオリバー様は含まれてる？」

「……」

オリバーのことだって含めたい。でも今の状況で一番の脅威はオリバーである。その時点で、一緒に戻ることを最優先事項に含めるわけにはいかない。

「まずは戦うフォーメーションを決めよう。俺とアレックスが前衛。マリアが中衛。ルビアが後衛ってことでいいか？」

全員が頷いてくれるが、心の中ではまだ納得していないようだった。

(俺だってそうさ)

でも、できることとできないことを明確にしておかなくちゃいけない。そこに「かもしれない」は含まれない。含んでしまったら、できることすらできなくなってしまうかもしれない。

それだけは一番やってはいけないことだから。

俺とアレックスがオリバー相手に戦い始めようとした時、マリアが俺たちに身体強化をかけてくれる。

「これで戦いやすくなると思うわ」

「「ありがとう」」

身体強化をしてもらったおかげで体が軽くなった。それを実感している時、オリバーが俺たちに攻撃を仕掛けてくる。

「アレックスは正面から頼む。俺はアレックスのカバーとオリバーの背後をとる」

「分かった」

俺の合図と同時に、アレックスがオリバーと戦い始める。アレックスが捌きれない攻撃は俺がうまく対処する。それでもギリギリの攻防だった。

（クソ）

一撃一撃が重く、剣を振る速度も速い。俺たち全員、体力面、身体面がギリギリの状況。そんな中で戦っているため、アレックスが防戦一方になっていくのは明白だった。

今のところアレックスのカバーを俺とマリアで行って、ルビアがオリバーの弱点を探すという戦略だ。三対一ですら防戦一方になっていた。

（考えろ）

どうすればいい。現状を打開する方法を考えろ！　あと数分もすれば、この状況が崩れるのは明白だ。そうしたらもう最終手段に出るしかない。

オリバーが俺を嫌っているように、俺だって嫌いだ。追放されて、侮辱されて。それでもあいつには感謝している面だってある。だったら、生きて文句の一つも言ってやりたい。

そんな時、アレックスが膝をつく。そこを突くように、オリバーがアレックスを狙って攻撃してくる。俺は自分の身を挺して守る。

「サンキュー……」

「あぁ」

クソ。もう殺るしかないのか？　もうこれしか方法はないのか？　そう思った時、ルビアが、

「オリバー様がつけている指輪は何なんですか？　先ほどからずっと紫色に光っていますけど」

言われるまで気付かなかった。言われてみればそうだ。この前、決闘した時は、指輪なんてつけていなかった。するとマリアがエリア魔法——鉄壁を使って時間を稼ぐ。

「たしかギルドでおばあさんに話しかけられて、渡されていた」

「あぁ。たしか、気持ちが力になるとか言っていた気がするな」

二人の言葉で少し分かってきた。たぶん俺を嫌う気持ちが力になっているのかもしれない。だったら……。

「あの指輪を壊そう。最悪、指を切り落としてもいい」

「でも指を切り落としたら……」

ルビアが言いたいことは分かる。でもそんな状況じゃない。

「もうそんなこと考えていられる状況じゃない。それに聖女の魔法──完璧回復《パーフェクト・ヒール》で治ると思う」

「まだ私は使えないわよ」

「そんなの、その時になったらでいいだろ！　今は目の前のことを考えろ。最悪指一本とあいつの命。どっちが大切か」

するとと全員、決心がついたような顔つきになるのが分かった。

「じゃあ始めるぞ」

俺の言葉と同時に攻め始めようとした時、指輪が光り出してオリバーが話し始めた。

「あらら。指輪ってバレちゃったわね。あなたたちがいない時にでも渡せばよかったわ」

誰が話しているんだ？　オリバーじゃないのだけは分かる。

「まあバレちゃったものはしょうがないわね。じゃあ一人でも多く殺そうかしら」

先ほどとは違い、ものすごい速さでこちらに攻撃を仕掛けてくる。対応できるのが俺だけだったため、オリバーの攻撃に対処する。

（重い……）

さっきまでとは比べ物にならないほどの重さ。そして動く速さ。
（クソ）
このままじゃ五分も経たずに全滅する。だったら……。いや、まだだ。まだやれることはあるはずだ。

「アレックス、マリア、ルビア！　一分でいい。時間を稼いでくれ」

「「「わかった」」」

そして魔法を詠唱し始めた。

みんなに時間を稼いでもらっている間、ポーションなどを飲んで魔力を回復する。

（一回きりだ）

これを失敗してしまったら俺は死ぬ。でも今の状況でやらなかったら全滅するのは目に見えている。オリバーとの戦闘なら、死人を出さずに逃げきれたかもしれない。でもオリバーがオリバーじゃないことが分かった以上、情報が足りない。相手の力量が分からない状況下で逃げようとしても、逃げ切れる確証はない。

俺は死んでもいい。だからルビアだけでも。仲間だけでも生きて、王宮に帰ってもらいたい。それに、まだやれることはある。

三人とスイッチを切り替えるように戦闘を入れ替わって、俺がオリバーに影魔法の影縫いをかける。オリバーの影が手足に刺さり、身動きできないようにする。

「!?」

流石にこの魔法には驚いているようだった。それを見逃さず、影移動でオリバーの背後をとって、俺もろとも同時に影の中に入り込む。

影の中のため、あたり一面が暗い。そんな中、俺とオリバーの二人になった。その時話しかけられる。

「何をしました？」

オリバーを操っている奴は、何をされたのか分かっていないようだった。

「……」

まだ今は命のやり取りの最中。そんな状況で教える意味なんてない。

死んでいる人の影を召喚させる時の応用魔法で、すぐさまオリバーに近づいて影をリンクさせる。それによって、お互いの感情がリンクする。これによってお互いが動けなくなる。リンクさせることによって身体面での戦闘を避けて、精神面でのやり取りにもっていったのだ。

オリバーがどれだけ俺を憎んでいたか、そしてオリバーを操っている奴がどんな理由で操っているのかが頭の中に入ってくる。

「お前は誰だ？」

俺は質問する。こいつがオリバーを操っている理由は分かったが、こいつが誰なのかは分からない。

「魔人七人将の一人ですよ？　あなたは？」

魔人七人将……。そんな大物だとは思わなかった。魔王の次に強いとされている七人の魔人。

やっぱりこの魔法を選択してよかった。

「ノア・アリアブル。王族の護衛をしている」

「あぁ、あなたが……。それにアリアブル家って」

？？　アリアブル家を知っているのか？

「今の状況は分かりませんが、こんなことをしてもただの時間稼ぎにしかなりませんよ？　根本的な解決にならないのはあなたも分かっているはずですよね？　それにあなたはたしか暗殺者ですよね？　でしたら、人を殺した時の快感とかが分かるんじゃないですか？」

さっきまでだったら分かると言っていた。でもルビアのおかげで、今は違う。この問いには答えずに、

「状況は変わらないな」

指輪を壊さない限り、この戦いは終わらない。

「では、なぜこんなことを？」

身体面では勝ち目がないから精神面で勝つしかない、なんて言えない。

「……。なんでオリバーなんだ？」

「それは、強い人間の中で、こいつの精神が一番未熟だと感じたからですよ」

「じゃあ俺に乗り移れよ」

「は？　あなたは何を言っているのか分かっているのですか？」

分かっているさ。でも、この状況だとこれしかないと思った。それ以外オリバーを救う方法なんてない。それに影から戻ったとしても、こいつを殺すことはできないだろう。だったら標的を変えればいい。でも俺に乗り移られた時、俺はこいつに飲み込まれるかもしれない。それでも……。

「あぁ。分かっている」

「でもそれはできません。なんせ今こいつの負の感情のおかげで、私は乗り移れているのですから」

そう言われて、浅はかだったとわかる……。

「……」

「お話になりませんね」

そう言ってこいつは、魔力を上げてこの状況から出ようとした。

（クソ！）

もう持たない。そう思った時には、この状況を打破されて、影の中から出てしまった。

「少しひやりとしましたが、ここで終わらせましょう。まずはあなたからですよ？」

影縫いを切り裂いて、俺に向かって攻撃を仕掛けてくる。影移動を行ったおかげで近くにいたため、避けることができない。だったら……。影をリンクさせたおかげで、こいつの目的と今後の方針がなんとなく分かった。目的は勇者暗殺。そしてローリライ王国の滅亡。ならそれを利用するしかない。

剣が腹部に刺さる瞬間、

「この国を滅亡させて魔族の領土にしようとしているんだろ？」

「!?」

（やっぱり）

俺が言った瞬間、腹部に激痛が走る。剣を抜かれないように腹に力を入れて剣を固定する。

「ぬ、抜けない……」

この状況を見逃さず、俺は俺自身を含めた円状の影を出して、お互い串刺しにする。腹部の痛みの方が勝っていたため、動きが鈍ることなく指輪を破壊する。徐々にオリバーに戻っていくのが分かる。最後の力を振りしぼっているかのように魔人が言う。

「自爆ですか……」

（今までの俺ならこんなことしなかった。でもいろいろな人に助けられて考えが変わった。俺の命一つで助かる奴がいるなら助けたい。それがどんな奴であろうと）

「そうでもしなくちゃ、お前をオリバーから出すことが……」

言いかけている時、意識が遠のいていった。周りから声が聞こえてくるのが分かる。でも反応する余裕がなかった。

（みんなごめん）


ここはどこだ？　目を覚ましているのに、あたり一面真っ暗だ。それにしても何をやっているんだろうな。オリバーに追放されて憎んでいたのに、結局命をかけて助けるなんて……。でも思っていたほど後悔はない。

（は～。もっと生きたかった）

もっとルビアと一緒にいたかった。リックさんやエリンさんとももっと話したかったし、ミア様の祖国にも行ってみたかった。

（やりたいことはたくさんあるのに……）

でも俺が生きるより、オリバーが生きる方が世界にとっていいに決まっている。あいつが死んでしまったら、種族間のバランスが崩れてしまう。だからなのかな、後悔がないのは……。

その時どこからか声が聞こえた。

「……ア！」

？？　誰だ？　あたりを見回すが、真っ暗闇で誰もいない。

「ノ……ア！」

誰かが呼んでいる。誰なんだ？

「起きてよ……。お願い……」

俺だって起きたい。でも、ここから出る方法が分からないんだよ！　そう思っていると、なぜか辺り一面が明るくなってくる。

（眩《まぶ》しい！　どうなっているんだ？）

すると、辺り一面がどこかの家の中に変わるのが分かった。

（は？）

ここは……。見覚えのないところで寝ていた。なんで寝ているんだ？　辺りを見回すと、驚いている顔でこちらを見ているルビアが隣にいた。

「ルビア？」

「ノア！」

ルビアの名前を呼ぶと、俺の腹部に顔を押し付けて泣き始めた。

「痛い！　痛いって」

腹が痛い。たぶんあの時刺された場所に当たっているからだろう。それにしても、なんで俺は生きている？　あの時確実に死んだと思ったのに……。

「生きていてよかった。本当によかった」

「あぁ。それよりも、なんで生きているんだ？」

生きのびた喜びよりも、なぜ助かったかが気になって仕方なかった。するとルビアが説明してくれる。

戦闘が終わってすぐ、マリアが俺に応急処置をしてくれたこと。その後、ローリライ王国で宮廷魔導士たちが手術してくれたこと。それでも助かるか分からない状況だったらしい。そして一番驚いたのは、俺が一カ月間も気を失っていたこと。

「オリバーはどうなった？」

「勇者様は今独房にいるわ」

「……」

ここまでの大事件だったんだ。オリバーがルビアを攫っただけでもやばいのに、それ以上に、魔族に操られていることに気付かず、国を滅亡の危機にさらした。それなりの罰を受けるとは思っていた。

「他の二人は？」

「特に二人には何もなかったけど、勇者パーティは解散するそうよ」

「……。そうか」

お茶会の時とは違って、本当に勇者パーティが解散するのか。今までなら何とも思わなかったけど、マリアやアレックスと仲直りしてから、少しずつだけど、今後あのパーティが活躍することを期待していた。だからこそ少し残念に思う。

「うん。じゃあ毎日お見舞いに来るからね」

「ありがとう」

ルビアが部屋から出て行くのを見守ってボーッとする。

(それにしても助かってよかった)

今回助けに行った仲間は誰も死んでいない。それだけでいい結果だったんじゃないかな？

そう思いながらいろいろと考えていたら眠りこんでしまった。


それから数日が経ち、国王様に呼ばれて王室に入ると、国王様が玉座から立ち上がって頭を下げる。この行為に、王室にいる全員が驚く。

「まずは疑ってしまい悪かった。それと、本当に助かった。ノアがいなかったらルビアは……、国はどうなっていたか分からなかった」

「頭を上げてください。ルビアを助けたのは俺の仕事なので、当然のことをしたまでです。それに疑うのだって、国王様の仕事だと思います。何一つ間違っていません」

「そう言ってくれると助かる。ドーイを殺してくれたことは本当に感謝しかない。あいつがいたら、いずれこの国が危なくなっていた」

「……」

人を殺してお礼を言われるなんて初めてだったため、驚きを隠せなかった。それも国王様に言われたのだからなおさらだ。国王様に言われて、人を殺すのが全て悪だとは限らないってことが分かった。

「それでだが、勇者オリバーに会いたいなら会わせるが、どうする？」

「会います」

迷わずに即答する。あいつには話したいことがたくさんある。

「では今後のことは後にして、まずは会ってくるといい」

「はい。ありがとうございます」

トニーさんに連れられて独房に案内される。

「君が生きていてよかったよ」

「はい。心配かけてすみません」

少し会話をして、トニーさんはその場を後にして、オリバーのいる独房に入る。

「オリバー……」

「ノアか……」

痩せこけた顔。疲れ切った体。昔だと考えられない光景だった。

「なんで俺を助けた？」

「正直、お前を殺した方が安全だったと思う。国が亡ぶ可能性もあったし、ルビアを無事に生きて連れて帰る可能性も考えたらな」

「だったらなぜ」

「理由はいくつかあるが、一つ目は当然、俺のために決まっている。お前は今後、必要になる時が来る。だったら殺す意味なんてないだろ。それに、お前のせいで俺は魔族に顔を覚えられてしまった。それも魔人七人将だぞ？」

死ぬことが怖かったし、殺すことが怖かった。でもそれはオリバーも同様だと思う。死ぬことが怖いと思う。だけど、俺たちは成長する。お互い考え方が変わって、また前を向いてくればいい。それに魔人七人将に覚えられてしまった時点で、今後命の危機が訪れるのは間違いない。

「悪い……」

「だったら、ちゃんと罪を償ってから、魔王と魔人七人将を全て倒してくれ」

「……」

「それに、お前が俺に教えてくれたんだろ？　人を殺してはいけない。力は人は助けるためにあるって」

そう。少なからず、こいつからも学ぶことはあった。こいつに追放されたおかげでルビアの護衛になれたというのもあるしな。

「それなのに俺は……。本当に悪かった」

「口だけか？」

少し笑いながら言うと、オリバーは土下座をする。

「そんなので怒りが収まるわけねーだろ！」

俺は思いっきり、オリバーの顔を殴った。

「いってぇぇぇぇぇぇぇぇぇ」

（あ、俺も腹が痛ぇ）

◆◇◆◇◆

ノアに殴られてから数日が経って、一通の手紙が届いた。

『オリバーには感謝もしている。俺がどうしようもない時にパーティに誘ってくれたし、仲間の大切さを教えてくれたきっかけはお前だ。俺だって、一人だったらお前と同じ過ちを犯していたかもしれない。もう俺はお前のことを恨んだり、憎んだりしない』

「あいつ……」

そして最後の一文、

『俺はお前を見ても憎いとは思わない。だから次会う時は友達として』

「あぁぁぁぁぁぁ……」

なんで俺はこんな奴を裏切ったんだ。周りから人が消えてやっと気付いた。どれだけ仲間が大切だったか。ノアを恨んでいたことを悔やんだ。

「ごめん。本当にごめん」

誰もいないのに膝をついて、何度も何度もノアに対して謝った。

◆◇◆◇◆

オリバーに対して手紙を書いた。あいつの影とリンクした時、俺をどれだけ恨んでいたかを知った。だからこそ、あいつには前を向いてほしい。もう同じ過ちを犯してほしくない。それ

に、あいつのおかげで今の俺がいるとも思う。俺はあいつを許すことにした。あいつが独房にいる期間は一年ほど。次会う時は、前みたいに友達として会いたいな。

俺たちは予定通り、魔法都市スクリーティアに向かうことになった。国王様には今後もルビアのことを頼むと言われた。

それから数カ月後。マヤ様がローリライ王国に帰還した。

「ただいま」

「おかえりマヤ姉！」

「うん！　それにノアくんも久しぶり。話は聞いてるよ！」

「マヤ様、お久しぶりです」

何年ぶりだろう。流石ルビアの姉と言うべきか、ものすごく美人になっていた。

（ルビアも今後こうなるのかな？）

今のルビアはまだ幼い部分がある。それに比べてマヤ様は、大人の色気が出ていた。

「すぐスクリーティアに行くんでしょ？」

「うん！」

その後、ルビアとマヤ様と三人で会話を少しして、自室に戻った。

「前に言ったこと覚えてる？」

「ごめん。忘れた」

「スクリーティアには、護衛役と執事役の二人を同席することができるって言ったじゃん！」

「あぁ……」

そんなこと言っていたな。

「本当はノアには執事役として来てもらいたかったんだけど、今回の件もあって無理だって分かった。だからノアには、貴族科の学生として来てもらうことにしたわ」

「え？」

護衛役じゃないのか？

「ノアって男爵家じゃん？　だったら行けると思って！　そしたら護衛兼執事もできるかなって思って！」

「……」

「約束！　私の願いを一つ叶えること！　忘れちゃったの？」

「あ！」

忘れていた……。そんなことも言ったな……。

「ダメかな？」

「いや、貴族科の学生としていくよ」

「よかった！」

スクリーティアに行ったら護衛兼執事もやるってことだろ？　過酷すぎるだろ！

「でもノア一人で仕事をするのも大変だと思うから、向こうでいい人がいれば雇おうと思うわ」

よかった……。

「分かった」

予想していたのとは違かったが、国王様にも頼まれているし、しょうがない。それにルビアの護衛として行くとは決めていたのだから。

家に帰ると、ふと思い出す。

(そう言えば…………)

「父さん」

「ん？」

「俺の家、アリアブル家って何かあるのか？」

「……」

なんで黙っているんだよ。怖いだろ。すると真剣な顔で俺に聞いてくる。

「それをどこで？」

「ドーイと魔族がアリアブル家に反応していたから」

「……。今は話せない。お前が家を継ぐ時に話そうと思っている」

マジでなんかあるのかよ……。聞くのが怖くなってきた。まあ今は聞けないらしいからいいけどさ。

「分かった」

「それでだけど、国王様にも頼んで、お前の護衛役を決めさせてもらった」

「は？　俺に護衛？」

いやいや、俺がルビアの護衛役として行くのに、俺に護衛役とかいらないだろ。

「そうだ。お前も貴族科として行くのだから、護衛役は必要だ。だから今回、護衛役としてラッドくんを連れて行くように」

「……。分かった」

まあ実力はあるからいいけどさ。それに知っている人だし。その後、ラッドくんと少し話す。

「ラッドくんは本当にいいの？」

「はい。それよりも、自分を連れて行っても大丈夫なのですか？」

「まあ国の方針だからしょうがないかな。それにラッドくんは強いし、俺自身もいいと思ってる」

知っている人で家に仕えている人なら、護衛としても安心していられるしな。

「ではお願いします」

「こちらこそお願いします」

こうしてスクリーティアに行くメンバーが決まった。ルビアもラッドくんのことを了承してくれたし、よかった。

残っている時間で、マリアとアレックスにお礼を言いに行ったり、トニーさんに修業をつけてもらったりして、とうとうスクリーティアに向かう日になった。

この時はまだアリアブル家の真実など何も知らなかった。

5章　魔法都市スクリーティア

魔法都市国家スクリーティアは、最も魔法に特化した国であり、魔法と剣術を組み合わせることにも力を入れている。身分や種族に関係なく才能がものを言う国。世界初の魔道具を開発した国としても有名であり、ローリライ王国と魔法都市スクリーティアには密接な関係がある。全世界から魔法の勉強のため才能のある人物、身分が高い人物などがやってくる。

スクリーティアに向かう直前、国王様がルビアにアドバイスをする。

「ルビア。魔法のこと、人間関係などを学んでくること」

「はい！」

そして国王様は今まで見せたことがないほど真剣な顔で俺の方を向いて言う。

「ルビアを頼んだぞ」

「かしこまりました」

言われなくてもそうするつもりだ。俺の命に代えてもルビアを守る。でも今回は今までと違って、俺以外にラッドくんもいるから安心できるしな。

王都から三人で馬車に乗って、魔法都市スクリーティアに向かう。スクリーティアまでは二週間ほどの道のりのため、まずは、お互い挨拶から始まった。

「知っていると思いますが、ローリライ王国第二王女のルビア・ローリライです。よろしくねラッドくん」

「ラッド・アーレルと申します、ルビア様。こちらこそよろしくお願いいたします」

「これから一緒に学園生活を送る仲間なんだから！」

「はい……。よろしくお願いします」

二人は平然と挨拶していたけど、緊張とかしないのかな？　お互い王族だから緊張とかしないか。俺もミア様と話した時はあまり緊張しなかったな……。

「それでラッドくんは、ノアの護衛ってことでいいんだよね？」

「はい」

「それで私の護衛がノアってことだよね？」

「あぁ」

俺がルビアの護衛で、ラッドくんが俺の護衛って、なんか複雑だな。普通なら俺がラッドくんやルビアの護衛をするべきなんだけど、ラッドくんの状況を考えると、そうもいっていられないしな。

「じゃあラッドくんも私の護衛ってことでいいの？」

「……」

「まあそうなるな」

ルビアの護衛を俺がしているってことは、俺の護衛であるラッドくんも自動的にルビアの護衛という形になるか。

(あ、そうだ！)

「ラッドくん」

「何ですか？」

俺と話す時は緊張しないんだな。

「優先順位を決めておこう」

「え？」

「今から、俺が言うことを最優先にしてほしい」

ラッドくんは首を傾げながらこちらを向いてくる。俺の護衛だからといって、俺だけを守っていればいいということではない。ぶっちゃけ、俺を守ることは自分でできるから、最優先じゃない。たぶんそれは国王様や父さんも分かっていること。でもルビアに護衛は一人しかつけられないから、俺の護衛という形でラッドくんを加えたんだと思う。だったら最優先事項は俺を守ることじゃない。

「最優先事項はルビアを守ること」

「え？　でも俺はノア様を守るために一緒に来たんですよ？」

ルビアの顔をチラチラと見ながら言ってくる。

「そうだな。でも俺の実力は分かっているよな？　だから俺は自分で守ることができる。でもルビアは違うだろ？　それに俺の護衛対象はルビア。だったら、俺の任務はラッドくんの任務でもあるってこと」

「……。では、ノア様とルビア様がどちらも危ない状況になったら、ルビア様を守ればいいということですか？」

「そういうことだな。ルビアと俺がピンチになった時、どっちが先に死んでしまうと思う？考えなくても分かると思う。だったら、どちらも生き残れる可能性をとった方がいいに決まっている。それに俺だったら一人で逃げられるかもしれない」

「分かりました」

するとルビアが俺に言ってくる。

「どちらも危ない目に遭ったら、私よりノアを助けてほしいな」

「それはダメだ。そこだけは譲れない。それにルビア。自分の立ち場を分かってくれ」

俺とルビアの命のどちらが大切か。そんなの考えるまでもない。ルビアは俺を友達だと思っているからそう言ってくれているのだと思う。それに関しては嬉しいけど、俺が死んでも代わりの護衛役はたくさんいるが、ルビアが死んだら元も子もない。だからここだけは譲れない。

「うん……。分かったわ。でもノアもちゃんとしてよね？　ノアが死ぬのは嫌だよ？」

「分かってる。それはラッドくんも同様だからな？」

「え？　あ、はい」

そう。ここにいる誰もが欠けちゃいけないんだ。誰だって友達、大切だと思っている人が死ぬのは見たくない。だったら自分が死んだ方がましだと考えると思う。

「でも万が一のことだし、お互いが気を緩めずに行動していれば、そうそう危ない目には遭わないから大丈夫だと思う」

「だね！」

その後もラッドくんに優先事項を説明する。まず最優先事項はルビアを守ること。次に俺を守ること。そして最後に、自分を大切にすること。これさえ守ってくれれば、あとは何だっていい。


それから一週間ほど経ったところで、襲撃を受ける。

「おい、中にいる奴ら、出てこいよ」

「……」

円《ラウンド》を使っていたけど、こうなるとは予想していなかった。カーテンを開けて外を見てみると、ガラの悪そうな盗賊たちが数十人立っていた。するとラッドくんがすぐに外に出る。

「私が対処します」

「俺も行く」

「では馬車の前で待っていてください。敵がそちらに行ったら、対処していただいてもよろしいですか？」

「分かった」

お互い一緒に出る。するとリーダーらしき人物が話しかけてきた。

「中にいるのはお前たちだけか？」

「はい。そうですよ？」

ルビアがいると言うわけにはいかない。

「まあ聞いても意味ないな。結局、中は見られるんだしな」

そう言って下っ端数人が俺たちに近づいてきた時、その中の一人をラッドくんが殺す。すると全員顔色を変えて、俺たちに攻撃を仕掛けてきた。

目の前でラッドくんが戦ってくれて、俺がその援護をする形で戦い始めた。俺の役目として、敵を馬車に近づけないことが最優先である。もし馬車に入られたらルビアの安全が危なくなる。それだけはやってはいけないことだ。そうは考えていたが、思いのほかラッドくんが次々に敵を殺していくのに驚いた。

（すごい……）

敵をこちらに極力こさせないようにしているのは分かるが、それ以上に人を殺していた。

人を殺す、それは自分との戦いである。何も考えずに殺すこともできるが、それをやってしまうと後々辛くなってくるのは明白だ。だからこそ精神面で安定していなければいけない。それをラッドくんはできているのだろう。だからここまで躊躇なく戦えている。俺よりも暗殺者として数段完成しているのが分かる。

だけど人数が人数であるため、数人は俺に攻撃を仕掛けてくる。難なく俺も盗賊を殺していく。戦いながら自分の成長を感じた。

（前の俺だったら躊躇していたんだろうな）

十分程度戦って、盗賊たちをある程度倒し終わったところで、リーダーらしき人物とラッドくんの戦いが始まった。動きからして、他の奴らとは違うのが分かる。俺やラッドくんの動きを目で追えているということは、対処できるということだ。

だから本格的に援護しようかと思ったが、そう思った時には戦闘が終わっていた。

「は？……」

本当に一瞬であった。ラッドくんとリーダーらしき人物が戦っている最中、ラッドくんが短剣を投げた。リーダーらしき人物が短剣に意識がいった瞬間、もう一本の短剣でリーダーの首を斬った。

（そんな戦い方もあるのか……）

暗殺者である以上、自分に敵意を向けられていたら戦いづらいのは明白だから、武器を意識させた瞬間を狙って殺す……。

はっきり言って、リーダーらしき人物とラッドくんの実力は近いと思っていたから、拮抗する戦いになると考えていた。なのに、ここまであっさり終わるとは思いもしなかった……。

この戦いを見て、実力だけが全てじゃないってことが分かる。もし決闘とかだったら、ここまで簡単に終わらなかっただろう。だが命のやり取りになった途端、ラッドくんの方が一歩先を行っていた。

平然とした顔でラッドくんが俺のもとにやってくる。

「終わりました。どうでしたか？」

「え？　あ、うん。すごかったよ」

そう。すごいとしか言えなかった。この戦いに関しては勉強になるところが多かった。俺の戦い方は、いつも魔法で攻撃して、俺以外を意識させて攻撃していた。それを魔法以外で行うってことがどれだけ難しいか。

戦っている最中、短剣を手放す勇気がない。もし俺に攻撃を仕掛けてきた時、もう一つの武器を出すのが遅れたら殺されるかもしれない。絶体絶命の時だったらできるかもしれない。でも普通の戦闘であったら、ここまで大胆に戦えない。

「よかったです。これでノアさんにも認めてもらえましたか？」

「いや、俺はもともと認めていたよ？」

歳が近くてここまで強いのに、認めてないわけがない。

「分かっています。ですが、ノアさんが命の危機になった時も俺を信用してもらえますか？」

「……」

言われてみれば……。もしそのような場面になった時、ラッドくんではなくトニーさんであったら？　安心感が違う。でもそれはしょうがないことだと思う。だってトニーさんを含め、自分より強い人とラッドくんとでは安心感も違う。

「なので、極力信用していただけるように努力します」

「うん。でも今の戦いで、ラッドくんが強いってことを再認識できたよ。だから今後はより頼ると思う」

「はい。任せてください」

　この戦いの前まで、ラッドくんは俺より全体的に少し弱いと思っていた。でもその認識はなくなった。命のやり取りになったらラッドくんの方が俺より強いだろうし、心構えだったり、他にも俺に勝っている部分は大いにあると思う。

（本当に護衛役として来てもらえてよかった）

　スクリーティアに向かう前は護衛役なんて俺だけで充分だと思っていたが、ラッドくんは違う。俺にはないところがあるし、補ってもらえる。本当に必要な人物なんだと実感できた。

　馬車に乗る前にラッドくんに水玉《ウォーターボール》をかけて血濡れをとり、火と風の複合魔法で乾かしてから中に入った。

　馬車の中で不安そうな顔をしながらルビアが待っていた。

「二人とも大丈夫？」

「あぁ」

「はい」

　軽く相づちを打ちながら座る。今回の戦いで、ある程度ラッドくんの実力が分かった。はっきり言って予想以上の実力だった。

「ねえラッドくん。なんで私たちの護衛をしてくれるの？」

「リアム様と国王様から頼まれたからです」

「まあそうだよね。じゃあラッドくんの意志はどうなの？」

「俺の意志ですか？」

「うん。ラッドくんは私やノアのことを守りたいと思っている？　できればラッドくんの気持ちを聞きたいな」

「……」

そう言えばそうだ。ラッドくんの意志が分からない。もしラッドくんがどうでもいいとか思っていたら、実力以前に信用問題になる。

「俺は……。俺はルビア様やノア様のことを守りたいと考えています。最初こそ仕事だからと考えていました。でもノア様には感謝していますし、ルビア様も同様に感謝しています」

「ノアに感謝しているのは分かるわ。ラッドくんを雇ってくれているんだもんね。でも私のことはなんで感謝しているの？」

するとラッドくんは周りを少し見回し始めた。この馬車には俺とルビア、ラッドくんしかいない。

「お二人は俺の身元を分かっていますよね？」

「あぁ」

「はい」

流石に雇い主として知らないわけにはいかない。でもルビアも知っていたのか。いや、知らない方がおかしいか。

「だからです。俺の身元を知っていたら、普通はこんな自然に話すことなんてできないと思います。少しばかりでも気を使うと思います。ですがお二人は俺の過去を気にせず話してくれている。そんな人を守りたいと思うのはおかしなことですか？」

「おかしくはないわ」

「そうだな」

誰だって信用したいと思う人はいる。俺だったらルビアがそうだし、他にもいろいろといる。今の発言からして、ラッドくんにとってそう思える人物に俺たちはなりかけているってことだと思う。

「はい。なので、お二人のことを全力で守りたいと思います」

「そういうことなら、私は何も問題ないわ。ノアはどうなの？」

「俺も特に問題ないかな。でもラッドくん、一つだけいいかな？」

「はい？」

「この前も言ったけど、ラッドくん自身の命も大事にしてね？　俺もルビアも、ラッドくんが死んでしまうのは嫌だから」

先ほどの戦いで、ラッドくんがどう思って戦っているのかはおおよそ分かった。俺やルビアのために戦ってくれていた。でもそれとは別に、ラッドくんは自分の命を軽視しているようにも見えた。

護衛という職業柄、自分の命より主の命が最優先だ。そう思うのは当然である。俺だってこの前まで自分の命を軽視していた。でも俺が死んだら周りの人がどう思うか。それを考え始めてから考えが変わった。誰だって死んだら悲しむ人がいる。俺にそれを気付かせてくれたのは紛れもなくルビアだ。だからラッドくんにもそれを気付いてほしい。

「分かりました……」

「あぁ。今すぐには無理かもしれないけど、時間をかけて分かってくれればいいよ」

今すぐ分かれなんて無理なことだ。俺だって、言われてすぐ「はい、分かりました」なんて言えない。そう思える場面がなかったんだから。だから時間をかけて分かってほしい。ラッドくんが死んでしまったら、どれだけの人が悲しむかを。

たぶんだけど、ラッドくんは自分を必要としてくれている人はいないと考えているのかもしれない。そりゃあ俺だって、同じ立場になったらそう考えてしまうかもしれない。王国は滅亡させられ、自分の知っている人物はみんな死んでしまったのだから。だからこそ俺たちが、ラッドくんにとって必要な人になっていきたい。

「あと一週間ほどで、着くけどノアやラッドくんはどんなことを学びたいの？」

「そうだな……。闇魔法のほかにもいろいろと魔法のことを学びたいな。落雷《ライトニング》が使えるとはいえ、より強力な魔法も使ってみたいしな」

「そっか。ノアって光属性以外なんでも使えるもんね。本当は魔法使いとかじゃないの？　でも剣も使えるし、魔剣士？」

「まあ魔法が使えるのは母さんのおかげだしな。でも母さん以上の魔法使いが魔法都市スクリーティアにはいるんだし、いろいろと学んでいきたい」

魔法はある程度使えるけど、より使えるようになりたい。できれば剣術と組み合わせる魔法とかも学べたらいいと思ってるしな。

「うんうん！　じゃあラッドくんは？」

「俺は……。分からないです。でも自分が知らないことを追求していきたいなと考えています」

「そっか！　私は魔法を使えるようになりたいな！　そしたらノアやラッドくんの援護とかできるしね！」

何を言っているんだか……。ルビアは自分の身分を考えてほしい。でもルビアがそう言っている以上、否定するわけにはいかないし、ローリライ王国の方針で魔法都市スクリーティアに送り出すってことは、そういうことも考えているのかもしれないしな。

盗賊に襲われた日から一週間ほどが経ち、魔法都市スクリーティアに到着した。

「すごい……」

この一言に尽きた。普通の国には、ある程度固まった人種がいるものだ。ローリライ王国やエーディリ王国は人族が主に暮らしていて、ミア様が住んでいる国はエルフが大半を占めている。だからこそ、スクリーティアには様々な種族の人がいて驚いた。

それに加えて、建築物にも驚かされる。普通の国は主に平面に建物があるのに対して、この都市は高低差があるような作りもされている。全ての建物の色が茶色なのも一つの特徴である。

（たぶん、都市内で魔法の使用が許されているからだろう）

一般的に都市内では、模擬戦を行う闘技場以外で魔法を使うことは許されていない。でもスクリーティアは違う。被害が出ない程度なら魔法を使うのが許されている。だから風魔法で二階の玄関に入るような作りの家もある。

「ねえノア！　私もここで魔法を使えるようになるんだよね？」

「そうだね。逆に魔法が使えないまま帰ったら、国王様に怒られちゃうよ」

「そうだよね。私に魔法教えてね？」

「あぁ」

魔法を教えることは俺の仕事でもあるしな。国王様にルビアのことを頼まれた。これは全面的に手助けをするってこと。護衛以外に、人間関係や魔法などを含めた勉強面も。

(まあ魔法が苦手ってわけじゃないからいいけどさ)

「ラッドくんはここに来るのは初めて?」

「はい」

突然質問したことに驚いていたが、すぐさま平然とした顔に戻って返答してくれる。それにしても初めてなのか……。まあ元王子だからって、そうそう来られるわけではないしな。

馬車で建築物を一通り見てから、学園長のところへ挨拶に向かう。下町の建築物とは違い、建物の大きさが大違いであった。それに加えて、外装の色は青色で、塔みたいな建物が複数あり、そして一番目立っているのは、何といっても中央に時計がある建物。端から端まで見通せないほど大きな建物であった。

「大きい……。私たち、ここに通うんだよね?」

「そうだね」

「王宮より大きい建物を見るのが久々すぎて驚いちゃった」

「まあ王宮より大きな建物なんてめったにないしね」

ローリライ王国の王宮は世界的に見ても大きな部類に入る建物だが、それを凌駕するほど学園の建物は大きかった。そんなことを話していると、一人の男性がやってくる。

「初めまして。この学園の教師をしています、ヴァーリオンと申します。ルビア・ローリライ様とノア・アリアブル様。そしてラッド・アーレル様でよろしいでしょうか？」

「はい。こちらこそお招きいただきありがとうございます。ローリライ王国第二王女、ルビア・ローリライです」

「ノア・アリアブルと申します。ルビア様の護衛兼男爵家令息としてこちらに入学させていただきます」

「ラッド・アーレルと申します。ルビア様とノア様の護衛として入学させていただきます」

「はい。よろしくお願いいたします。では学園長のところに案内いたします」

一通りの挨拶が終わり、学園長のところに案内してもらう。

（複雑な構造になっているな……）

入り組んだ道にたくさんの教室。覚えるまでに時間がかかりそうだと思ったのが第一印象であった。でもなぜかルビアとラッドくんは平然とした顔で歩いていた。

（やっぱり王族っていうのは、こういう場所になれているのか？）

そう思っていると、あっという間に学園長がいる部屋に着いて中に入る。

「初めまして。学園長をしているザラ・リリネットです」

呆然としてしまった。なぜって、学園長が俺たちとあまり歳が変わらなさそうな妖精族《エルフ》であったからだ。

妖精族《エルフ》が人間と比べて若く見えるからといって、ここまで若く見えるものなのか？　そう思っているとルビアが挨拶をする。

「ローリライ王国第二王女のルビア・ローリライです。この度は学園入学を許可していただきありがとうございます」

「これからよろしくね。そちらの方はノア様とラッド様でよろしいですか？」

「はい。ノアは私の護衛役として、ラッドくんはノアの護衛役として来ていただきました」

二人が話している時も、ずっとザラさんを見てしまっていた。それに気付いたのか、ルビアが俺に近づいて言う。

「ザラさんを見すぎ。ザラさんみたいな人がタイプなの？」

「え？」

ザラさんがタイプ？　いきなりどうしたんだ？　そう思いながらルビアを見ると、顔を少し赤くしながらそっぽを向いてしまった。

「何でもない！」

「ノアくんは妖精族《エルフ》を見るのが初めてじゃないよね？　何かおかしなところでもあったかしら？」

「申し訳ございません。妖精族《エルフ》を見ること自体が少なかったため、見とれてしまいました」

嘘は言っていない。はっきり言ってザラ様は美人だ。男なんだから見とれて当然だ。だけど何歳なのか分からなくて、見ていたなんて言えない……。

「若いのにお世辞がお上手なのね」

「あはは……」

なぜかルビアが俺を睨んでいるが、怖くて聞けない……。

「それでは簡単に説明するわね。この学園——スクリーティア学園は四年制であるのは知っているわね？」

「はい」

「そして、学科として貴族科、執事科、魔法科、騎士科など様々な学科があるけど、ルビア様とノア様には貴族科に、ラッド様には他の学科に入っていただく予定です」

まあ分かっていた。でもできればラッドくんも貴族科に入ってもらいたかった。だけど真実を言えない以上、貴族科に入ったら、周りの貴族からなんて言われるか分からないし。

「そして学園には進級条件もあります。二年次に上がる際に魔法が使えなかったら進級はできません。でもこれは学園に通われていたら誰でも通過できるでしょう。三年次に上がる時は学科ごとに試験を課します。ですが学園共通試験をクリアしていただければ、学科試験は受けなくて結構です。そして卒業要件は、ダンジョンをある一定のラインまでクリアすることです」

「はい」

これもルビアの姉であるマヤ様から聞いていた。学園共通試験は厳しすぎる内容のため、一定の学生しかクリアできないが、学科試験はちゃんと勉強していればクリアできる。そしてダンジョン攻略が一番きついらしい。まあ卒業要件なんだから当然だ。魔法都市スクリーティアの周辺には複数のダンジョンがあり、そこで一定の階層をクリアすることによって卒業できる。ここで留年する人が大半らしい。

「一通り説明は終わりましたが、何か質問があれば、随時私、もしくは教員に聞いていただけたら答えます」

「「ありがとうございます」」

「あ、あと一番大事なことを忘れていました。ここは身分や人種が関係ない場所なので、そのような行動をとってしまいましたら罰則があります。最悪の場合は退学ですのでご注意を」

「了解いたしました」

まあ当然だな。国王様はそれも含めて、ルビアに人間関係の勉強をさせたいと考えていると思う。俺たちが部屋を後にしようとした時、ボソッと声がしたが、よく聞き取れなかった。

「これから四年間大変になるわね。王族が四人もいるなんて……」

こうして学園生活が始まろうとしていた。この時はまだ楽しい学園生活が送れると思っていた。その後、ローリライ王家の別荘である屋敷に帰って、眠りについた。


あっという間に学園が始まる日になった。予定通り俺とルビアは貴族科に、ラッドくんは魔法科に通うことが決まった。学園に向かっている馬車の中でルビアが言う。

「今日からだけど、やっぱり緊張するわね……」

「誰でも最初は緊張するよ」

「ノアでも？」

そりゃあそうだ。俺だって緊張する。でも、暗殺者として死の危険と隣り合わせで仕事をする時ほどではない。ルビアを守るために何度か死にそうになった。戦闘が始まる時、何度もこう思いながら緊張した。

(俺はここで死ぬのか)

だから、死と隣り合わせの場所とは正反対である学園に入学することでは緊張していない。

でも緊張にも様々な緊張がある。だから他人と話すとなると話が変わる。なんたって同年代で話したことがあるのは、ルビアとオリバーたちぐらいだ。そういう面では緊張しているのかもしれない。

「ああ。だけどルビアやラッドくんと同じ学園に通えると考えたら、そこまで緊張はしないね」

「そうだよね。ノアとラッドくんが一緒の学園にいると考えたら、私も少しは緊張しなくなってきたかな……」

言葉ではそう言っているが、ルビアが緊張しているのは分かる。目が少し泳いでいたり、少しソワソワしている。でも緊張なんて、場数を踏まない限り直るようなもんじゃない。だからルビアにとっていい経験になると思う。

そんな他愛もない話をしていたら、学園前に到着した。

「‼」

人族と妖精族《エルフ》は見たことがあったが、それに加えて竜人族《ドラゴニュート》とドワーフもいたことに驚く。

(すごいな)

改めてスクリーティアの多様性を実感する。

そしてラッドくんと一旦分かれて、ルビアと一緒に教室に向かう。貴族科のクラスは一つしかないため、自動的に俺とルビアは一緒のクラスになる。

「ノアと一緒でよかった!」

「だな」

普通なら敬語で話すところだが、ここは身分が関係ない場所。それなのに同じ国の奴が敬語を使っていると、ルビアに接する人が減ってしまうかもしれない。

教室に入る。

(他の種族は少ないんだな)

今教室にいるのは人族が七割、他の種族が三割と言う感じだった。俺とルビアは隣同士で座る。そこで少しルビアと話していると、後ろから話しかけられた。

そこにはミア様がいた。

「お久しぶりですね！　ルビア！　ノア！」

「久しぶり！　ミア！」

「お久しぶりです。ミア様」

ルビアが席を立ち、すぐさまミア様の近くによる。俺はそれを見守りながらルビアの後ろに立つ。

「はい！　もしかしたらとは思っていたのですが、本当にそうなってくれてよかったです！」

「私もだよ！　ノアがいるからよかったけど、ミアもいてくれてよかった！」

「うん！　私も知り合いがいないかもって思っていたから、二人がいてくれてよかったわ」

ミア様がここにいるのはいい誤算だった。これでルビアが俺に頼ってくることも減ると思う。ルビアとミア様が話していれば、より友達ができるかもしれないし。

「それでノア」

「はい。何でしょうか？」

真剣そうな顔で話しかけられたため、ビクッとしてしまった。

「敬語はやめてください」

「あ、はい。わかりました」

「まだ敬語になっていますよ？」

いや、いきなり敬語をやめろと言われても無理だろ。

「すみ……。ごめん」

「うん。それで、私のことはミアって呼んでね？」

「え？　それはちょっと」

流石にミア様を呼び捨てにするなんて。そう思っていたら、なぜかミア様が睨んできた。

(あ、これ、ダメなパターンだ)

何度言ってもミア様が聞き入れてくれなさそうだと思い、しぶしぶ答える。

「よろしく。ミア」

「うん！」

そしてなぜか、俺の隣にミアがやってきて座った。

(ルビアの隣が空いてるぞ？)

今、俺はクラスの中で一番目立っている。右隣にはルビア、左隣にはミアがいる状況だ。ルビアが隣にいる時点で目立っているのに、ミアまで俺の隣に座ったら、より一層目立ってしまうのは目に見えていた。

「は〜」

ついついため息をついてしまった。はっきり言って目立ちたくない。目立つということは注目を集めているということ。そうなれば、俺の情報を探る奴すら出てくるかもしれない。でもそんなことはお構いなしに、ルビアとミアが話しかけてくる。

「「ため息なんてついてどうしたの？」」

「少し疲れてさ」

(精神的に！)

でもそんなこと言えない。そんなこと言ってしまったら、二人とも自分を責めてしまうかもしれない。せっかく学園生活が始まったのに、最初から気を使う関係になんてなりたくない。欲を言えば、今後もそんな関係にはなりたくない。普通に友達として接していきたいし。

「ルビア？　少しはノアに休暇を与えたらどうなの？」

「そうね……。ノアごめんね。いつもいつも仕事をさせてしまって」

「いや、そういう意味じゃないから大丈夫だよ？」

失敗した。仕事のしすぎと思われたか……。別に仕事といっても、ルビアといてもあまり疲れたりしない。

「そう？　ならいいけど。休みたくなったら言ってね？」

「あぁ」

まあ結果オーライだな。休みが欲しいとは思っていなかったけど、休める確約が結果的にもらえたし。

「だったら私のところで働かない？　ルビアのところより好待遇にするわよ？」

ミアが少し笑いながら言ってきた。今の流れ的に、場を和ませるために冗談で言ってくれているのは分かるけど、なぜかルビアの顔が険しくなっていた。

「ダメ！　ノアは私のなんだから！」

「え？　まあそうだね」

ルビアに命を預けたんだから、ルビアのものと言われても納得はする。でもここで言うことか？　案の定、クラスメイトのみんなが俺たちに目線を送っていた。そして周りに見られているのにルビアも気付き、みるみるうちに顔が赤くなっていった。

「え？　あ、違うよ？　ノアを物扱いしたとかじゃなくて……」

手をばたばたさせながら、俺に言ってくる。

「分かってるよ」

「ミアもそういうこと言わないでよ！　ノアはダメだよ？」

「分かっているわよ。冗談に決まってるじゃない。まあ少しは本気だったんだけど……」

ん？　最後、何て言ったんだ？　まあいいか。そこでルビアが話を変えるため話題を振った。

「ミアは護衛を連れてきたの？」

「ええ。後で紹介するわね」

「うん！」

「助かる」

今後ルビアとミアは一緒にいることが増えるだろうし、護衛同士も顔合わせはしておきたいから、ミアがそう言ってくれて助かった。

その時、教卓に青髪の中年男性がやってきた。

（やっとか）

「まずは皆さん、入学おめでとうございます。本日よりこのクラスの担任になるジャック・クエーサーです。学園に入学してきたということは、何かしら学びたいことがあったのでしょう。四年間で身に付けられるように頑張ってください。できる限り私たち教師もサポートします」

学びたいことか。できるなら上級魔法などを身に付けていきたいが、最優先はルビアの護衛だし、できるか分からないな……。でも四年もあるし、何とかなるか。

「それで、本日入学してそうそうですが、皆さんには魔法の適性検査を受けていただきます」

教師がそう言うと、周りの学生が騒ぎ出した。まあ学園に入ったってことは、魔法を学ぶのは当たり前だし、クラスメイトも期待していたと思う。自分はどの魔法に適性があって、どの魔法に適性がないのか。俺も最初はワクワクしていたしな。

「では皆さん。今から魔法室に向かっていただきます。案内しますね」

「「「はい」」」

学生全員が相づちして、教室を後にした。

ルビアとミアと一緒に話しながら、魔法室に向かう。

「ノアは魔法が使えるからもうわかっているのよね？」

「あぁ。ミアもだろ？」

「ええ。ルビアは？」

「私も一応分かっているわ」

「そっか。なら緊張とかしないわね」

「うん」

誰だって最初は緊張するよな。自分の思っている適性じゃなかったらがっかりするし、逆に思っていた適性なら嬉しい。その点、俺たち三人は全員適性が分かっているから楽だな。

その後も他愛のない話をしていると、竜人族《ドラゴニュート》の男性が話しかけてきた。

「突然すみません。私、竜人族《ドラゴニュート》の第一王子のライラー・シュクリードと申します。お三方はお知り合いなのですか？」

「お初にお目にかかります。ローリライ王国第二王女のルビア・ローリライと申します。私の右隣のノアは同じ国出身です。そしてミアも少し前からお付き合いがあるお友達です」

「お初にお目にかかります。妖精族《エルフ》第一王女、ミア・マルティネスと申します。お二人とはご縁があり、お友達をさせていただいております」

俺も挨拶しようか迷ったが、ライラー様が話そうとしていたからやめてしまった。俺は男爵家であり、王族じゃない。この学園では対等を建前にしているが、本当は対等な立場じゃないし、失礼なことはできない。それに俺のことはルビアが説明してくれたしな。

「そうなのですか！　誠に申し訳ないのですが、先ほどお話を聞いてしまいまして、皆さんすでに魔法が使えるのですよね？」

全員頷くと、感心したような顔で尋ねてくる。

「ルビア様にミア様、ノア様の適性は何なのですか？」

ライラー様の問いに対して、ミアが最初に答えた。

「私は風です」

「私は光です。ノアは闇だったよね」

「あぁ」

すると、俺を見るライラー様の目が警戒している目に変わった。

「闇ですか……」

「はい。あまりいい印象がありませんもんね」

はっきり言う。ぶっちゃけ、闇魔法と聞いていい印象を持つ人はいない。

「ノア様は闇魔法を嫌になったりしないんですか？」

「まあなってしまったものはしょうがないので、嫌というわけではないです」

「そうですか」

あまりいい雰囲気ではなかったが、ルビアとミアはあまり気にしていないようだ。

「でもノアはすごくいい人だよ？」

「えぇ。ノアはいい人よ？　属性だけで決めつけるのはよくないわよ？」

ミア……。俺を庇《かば》ってくれるのは嬉しいけど、その言い方だとライラー様を責めているようにしか聞こえないよ……。でも二人の言葉が響いたのか、ライラー様が俺に向ける目が元の目に戻っていった。

「お二人がそのように言われるのでしたら、そうなのかもしれませんね。ノア様、初対面なのに申し訳ございません」

「いえ、王族として疑ってしまうのはしょうがないと思います。気にしないでください」

貴族、王族と階級が上がるにつれて警戒心が強くなるのは当然だから、闇魔法と聞いて警戒するのは当たり前だ。なんせ闇魔法で有名な使い手が起こした事件が文献に残っていたりするし。でも闇魔法を使う人でいい印象の人もいるから、全員が悪い人という印象でもないと思う。

「あとライラー様、私たちに敬語はいらないわよ？　同じクラスメイトですから」

「え？　そう？　分かった」

ミアが言う通り、俺には敬語はいらないし、ルビアとミアにも王族同士、敬語はいらないと思う。数少ない王族だしな。

「じゃあ、ルビアにミア、ノア、今後よろしくな？」

「「「うん、よろしく」」」

でもよかった。こうして学園に来て友達一号ができた。まあまた王族だけど……。欲を言えば、俺は男爵家ぐらいの友達も欲しいな……。

そしてやっと魔法室に着いて、適性検査が始まった。

魔法室には大きな水晶玉があった。

(これで適性を見るのか)

俺が適性検査を受けた時は、ルビアに渡したのと同様、父さんから魔法紙を渡されて確認した。その方法が一般的だと思っていたが、ここでは水晶を使うらしい。

(本当に来てよかった)

ぶっちゃけ、最初はここへ来ても何も学べないと思っていたけど、俺の知らない方法や知らない魔法があると分かれば考え方も変わる。いろいろ考えていると、クラスメイトたちが次々と魔法の適性検査を受け始めた。当たり前のように火、風、水など適性が判明していく。そして残り五人ほどになってやっと、闇属性が適性属性の男子学生が出た。するとクラスメイトたちがざわつき始めた。

(……)

その人は顔を少し青くしていたが、ざわつきは止まらない。

はっきり言ってイラッときた。闇属性の印象が悪いのは分かっている。なんせ犯罪系統の魔法も覚えることができるから。でも世界的に見たら闇属性が一番犯罪を起こしているのか？

俺はそうは思わない。他の属性でも犯罪を犯す人はいる。ただ、呪いなどの魔法を覚えやすいから印象が悪いだけだ。

ジャック先生がざわついている学生を黙らせて、残っている人の適性検査を再開する。最初はライラー様が適性検査を受けて、水晶玉が赤く光った。

（まあ予想通りだな）

竜人族《ドラゴニュート》である以上、適性属性は火である確率が高い。さらに王族である以上、火でない方がおかしいとも思う。

そして次はミアの番になって、緑色の光、風属性の適性が出た。みんなとは違い、全員より強く光っていた。

ミアは思っていた通りだという顔をしてこちらに戻ってくる。

「まあ分かっていたから、特に驚くこともないわ」

「そっか。でも私はミアが風の適性があるって知れてよかったわ！」

ルビアが言うと、ミアは首を傾げながら尋ねてきた。

「なんで？」

「今後一緒にダンジョンに潜る時、一緒の属性だと役割が被っちゃうじゃない！」

するとミアは笑みを浮かべながら言った。

「そうね」

「じゃあ、次は私ね」

そう言ってルビアが水晶玉に魔力を注ぐと黄色に光る。そしてこちらに戻ってくる。

「じゃあ最後はノアだね」

「あぁ。それにしても、なんで俺が最後なんだか……」

「それはノアが一番強いからに決まっているじゃない！」

「あはは……」

まあ俺より強いクラスメイトなんていないのは分かる。逆にいたら怖いし。そして俺もみんなと同様、水晶玉に魔力を注ぐと、水晶玉全体が黒く光った。

(あれ？　みんなと違わないか？)

みんながやった時はもっと小さく光っていた。

「先生？　なんでこんなに光っているのですか？」

つい質問をしてしまう。

「たぶん、ノアくんの魔力が闇属性と一致しすぎているからだと思います。それに加えて、このクラスの中で一番魔力を持っているということです。それにしても、妖精族《エルフ》以上の魔力を持っているのはすごいことですよ！」

「あ、ありがとうございます」

それを聞いて、俺はルビアたちのところに戻る。ぶっちゃけ、魔力が人並み以上にあるのは分かっていたけど、ここまでとは思ってもいなかった。

「すごいですね。ノアさんって、ここまで魔法の才能があるとは思っていませんでした」

「ノアはやっぱりすごいね」

「ね！　やっぱり私の護衛に相応《ふさわ》しいわ」

「あはは。ありがと」

ミアやルビアはそう言ってくれているけど、他のクラスメイトたちは疑心暗鬼の目で俺を見ている。

(あまり目立ちたくなかったんだけどな……)

こんな形で目立つとは思ってもいなかった。そしてクラスに戻ると、一人の男子が俺に話しかけてきた。

「あの……。少しお話をさせていただけませんか？」

(あれ？　この人はたしか……)

「クラスメイトのロムリル・サルイトと申します」

「ノア・アリアブルです。よろしくお願いいたします」

「はい。よろしくお願いいたします」

ルビアとミアは二人で話しているため、俺とロムリルさんの二人で話すことになった。

「ノアさんは闇属性が適性属性ですよね？」

「はい」

「私も先ほど闇属性に適性が出ました。そこで少しお話させていただきたいと思いまして」

（やっぱりか）

俺もあの時のことは印象に残っている。ロムリルさんの適性が闇属性だった時、絶望したような顔をしていた。それに追い打ちをかけるように、周りから蔑《さげす》むような目を向けられていた。

「はい。私がお答えできることなら何でも」

「ありがとうございます。ノアさんは闇属性が分かった時、どうしようと思いましたか？」

「どうと言われましても……」

父さんが闇属性だったから何となく分かっていたし、別に何とも思わなかったけど……。でもロムリルさんは違う。ここまで深刻そうに考えているということはたぶん、家庭内に闇属性の人はいないのだと思う。

「逆にロムリルさんは、闇属性と聞いてどう感じましたか？」

「私は……。ノアさんには申し訳ないのですが、ショックでした」

「ですよね……」

闇属性の適性が出て嬉しいと思う人は少ないと思う。

「私は闇属性が悪いとは思いませんよ？」

「それはなぜですか？」

「だって、犯罪を犯す人全てが闇属性の人とは限らないじゃないですか。逆に使い手の人数でいえば、闇属性の人は少ない方です。周りの人は闇属性と聞いて、呪いだの洗脳だのを考える人が多いですが、それを人を守るために使えばいいとは考えませんか？」

するとロムリルさんは少し下を向き、悩んでいる様子だった。別に闇属性が悪いわけではない。

「ノアさんは、人を守るために魔法を使うと？」

「逆にロムリルさんは、人を守るために魔法を覚えるのではないのですか？」

「いえ、守るために覚えたいです」

そう。魔法とは人を守るため、自分を守るために覚えるものだと俺は思っている。それに属性なんて関係ない。

「それに、闇属性の適性でも、闇以外の魔法を極めてもいいのではないですか？」

「……。そうですね」

「ではこうしませんか？　お互い、人を守るために闇属性を広めていくというのは」

これは俺が今考えている一つの目標である。この世界では闇属性の印象がよくない。逆に言えば、印象が悪いからこそ印象が強い。だから、いいと思わせることができれば、みんなの考えも変わるかもしれない。

「それはどうやって……」

「それを私たちで考えていけばいいじゃないですか。私の周りには、闇属性を悪い印象と思っていない人も少なからずいますよ」

「本当ですか！　ではお願いしてもよろしいですか？」

「もちろんです。ですので、一緒に頑張っていきましょう。今から紹介しますね」

「え？　あ、はい。よろしくお願いします」

俺はロムリルさんにそう言って、ルビアやミア、ライラー様に紹介した。

（だけど、まだ闇属性にいい印象を与える具体的な案はない。どうすればいいんだろう……）

ロムリルさんを連れてみんなのところに行くと、全員驚いた顔をしてこちらを見た。そしてルビアが興味津々で話しかけてくる。

「ノア！　どなた？」

「同じクラスメイトのロムリルさんだよ。同じ闇属性なんだ」

「え？　そうなんだ！　ノアと一緒の属性ってことは今後に期待だね！」

ん？　今後に期待？　ルビアは何を言っているんだ？　俺はそう思いつつ、そこは突っ込まずに話を進める。

「それでロムリルさんが闇属性と分かったことで、今後の学園生活とか、印象面で少し不安になっているから、みんなを紹介しようかなって思って」

みんなにロムリルさんを紹介すると、全員が嫌な顔をせずに話し始めた。

「そっか！　別に属性なんて関係ないよ！　適性属性で人間関係をやめちゃう人なんてそれまでの人なんだから、気にしない方がいいよ？　逆に言えば、今後はロムリルさん自身を見てくれる人が増えるってことだからラッキーじゃん！」

「そうですよ。適性属性だけにこだわって仲良くする人なんて、たかが知れていますよ。それよりも自分自身を見てくれる仲間を増やした方がいいです。ノアがいい例ですね」

「私は今日、皆さんと関わり始めたので何とも言えませんが、仲良くしてくれると嬉しいです」

みんながそう言うと、ロムリルさんは目を大きくしながら全員を見回す。

「あ、ありがとうございます。皆さんと友達になりたいのですが、よろしいですか？」

「「「うん（はい）」」」

すると、安堵したロムリルさんの全身から力が抜けるのが分かった。

「ロムリルさん。先ほども言ったように、属性のみで決めつける人は大勢いますが、俺たちみたいにそうでない人もいます。なので気にせず仲良くしていきましょう」

「はい！」

それから他愛のない話をして今日の学園生活は終わり、ルビアと一緒に教室を出て、ラッドくんと合流してから、一緒に別荘である屋敷へ戻った。

（それにしても、今日一日で二人も友達ができるとは思わなかったな）

まあライラー様は身分が上の立場だから、まだ友達と言えるか分からない。だけどルビアやミアと同じように、ライラー様も王族だが、一人の人間でもある。だから今日の出会いから、より仲良くなれればいいなと思う。ロムリルさんの方はまだ身分を聞いていないけど、今日話した感じでは、今後付き合いが長くなりそうだ。

屋敷の中に入って少しくつろいでいると、ルビアがラッドくんに質問を始めた。

「ラッドくん！　今日どうだった？」

「あ、はい。すごく貴重な体験をさせていただきました」

「貴重な体験？」

「はい。私たち魔法科は本日、魔法の適性検査を受けさせていただきました」

へー。俺たち貴族科も適性検査を受けたけど、魔法科も受けたんだ。でも検査を受けている時、会わなかったよな？　なんでだろ……。

「私たちも検査を受けたよ！　ラッドくんはやっぱり闇属性だった？」

「はい。ルビア様やノア様は何でしたか？」

「私は光で、ノアは闇だったよ！」

「やはりノア様は闇属性なんですね」

「あぁ。ラッドくんと同じだね。今後頼る時があると思うけど、よろしくね」

「はい。こちらこそよろしくお願いします」

それにしても、ラッドくんは闇属性だったか。ならさっきも言ったけど、ラッドくんに質問もできるし、今後話すこともより増えそうだな。それにロムリルさんにも紹介できそうだし。

それにしても、どこでやっていたんだろ。そう思い、つい質問をしてしまう。

「どこで適性検査を受けていたの？　俺たちとは会わなかったけど」

「教室で受けていました。魔法科は人数が多いので、魔法室ではできないと担任に言われまして、魔法紙を配られて適性を見ました」

「じゃあやり方が違ったんだな。まあ理由が理由だしな」

魔法室に入れるのはざっと一クラス分だ。それに比べて魔法科は、結構な数のクラスがあると思う。だから教室で受けたのも納得だ。そこから三人で今日の学園での話をして就寝した。

6章　妹との再会

次の日、みんなで学園を探索している時、一人の少女を見かけた。

(あれ？　ラッドくんに似てないか？)

俺はルビアに目配せをしてから、話し始める。

「あの子……。ラッドくんに似てたよね？」

「やっぱりルビアもそう思ったよな」

「あの子って、もしかして」

「あぁ。俺もルビアと同じことを考えてる。あとでラッドくんに聞いてみよ」

「うん」

ルビアと声を小さくしながら話していると、ミアが俺たちをじっと見つめながら話しかけてくる。

「何の話をしているの？」

「あぁ。ちょっとね」

ラッドくんのことをミアは知らない。だからどう説明していいか分からなかったため、少しはぐらかす。その回答に対して少し頬を膨らませる。

「ふーん。ルビアには言えて、私には言えないことなんだ……」

「いや、違うよ？　違うけど、今は言えないというか。今後話せるとは思うけど……」

「まあ、いいけどさ」

ミアがすねてしまったので、ロムリルさんとライラー様はどう対応していいか分からなくて固まっていた。その後、少しばかりみんな空気がよくなかった。でも訓練場、決闘場、図書館などを巡っているうちに、そんな空気もなくなっていった。

みんな図書館で魔法の本を読んでいるところに、なぜかラッドくんがやってきた。

(あのこともあるし、ちょっと話してみるか)

俺はそう思い、みんなから少し離れてラッドくんに話しかけに行く。近づいていくと、ラッドくんが気付いてくれて、こちらに向かってきた。

「ノア様！　どうしましたか？」

「図書館で本を見ていたらラッドくんを見かけてね。ちょっと話さない？」

「はい。分かりました」

二人で図書館を出て、人がいないところに向かう。

「ラッドくんはなんで図書館にいたの？」

「はい。魔法の勉強でもしようと思いまして」

「そっか。ごめんね。急に話しかけちゃって」

「いえ。それで、どうしましたか？」

不思議そうな顔をして俺に尋ねてくる。

(学校で話しかけるなんて初めてだからな)

本当は話しかけていいか分からない。なんたって俺は貴族科、ラッドくんは魔法科の時点で身分が違う。学校では、身分は違っても扱いは同じだということになっている。だから俺にとっては何でもないが、周りから見たらどう思う？　普通に貴族と話しているおかしな平民だ。一応は俺の護衛だけど、公にしているわけではないため、クラスで浮いてしまう可能性がある。だけど、そんなこと言っていられなかった。もしかしたらラッドくんにとって貴重な情報かもしれないから。

「ラッドくん。単刀直入に聞くね。妹とかいる？」

「……。います。でも、なぜ今そんなことを聞くのですか？」

「それは……。今日ラッドくんに似ている女の子を見たんだ」

なんて言っていいか分からなかった。だけど事実を言った方がいいと思い、率直に伝える。

すると俺に近づきながら真剣な顔で尋ねてくる。

「ほ、本当ですか！」

（ち、近い……）

「あぁ。それで、もしかしたらラッドくんの妹なのかなって思ってさ。でも話しかけてないし、どの科なのかも分からない」

「それでも、ありがとうございます」

そう言いながら泣き始めてしまった。俺はどんな対応をしていいのか分からなくて、ずっとラッドくんを見つめながら泣き止むのを待つ。数分が経って、ラッドくんが息を整えてから話を再開した。

「もしよろしければ、一緒に探していただけませんか？　妹の顔は覚えていますが、ノア様が言う少女がどんな人なのか、私には分かりませんので」

「もちろんいいよ。俺もそのつもりだったしね」

「あ、ありがとうございます！」

妹らしき人物がいることを伝えて、ラッドくんが了承さえすれば一緒に探すつもりだったから、そう言ってもらえて本当によかった。俺にとってラッドくんは大切な人の一人である。そんな人が困っているなら、助けたいと思うのは当然だ。

「一応、ルビアも俺と同様な意見だったから、ルビアにも頼む？」

「でもルビア様に迷惑が掛かってしまうかもしれませんし……」

「ルビアはそんなこと気にしないよ」

ルビアに頼らなかったら、逆に怒られそうだしな。

「ではお願いしていただいてもよろしいですか？　屋敷に帰れば私からも言えるのですが、できれば今日から探し始めたいので」

「うん、分かったよ。じゃあ放課後、一緒に探そっか。俺たちのクラスに来てもらうことはできる？　一応俺の護衛役ってことだし、来るのは大丈夫だと思うけど」

「分かりました」

話が終わり、一旦ラッドくんと別れた。遅かれ早かれ俺の護衛役というのは知られてしまうのだから、今回のことを機会にクラスへ来てもらって、みんなに知ってもらえればと思う。

一旦図書館に戻ってルビアに事情を説明し、了承をもらう。それからガイダンスなどを受けて放課後になった。

（もし本当にラッドくんの妹なら嬉しいんだけどな……）

でも不安材料もあるし……。そう思いながら、ラッドくんがクラスに来るのを待っていた。

俺とルビアでラッドくんを待っている間、二人で妹らしき人物の話をする。

「ねえ、あの子が本当にラッドくんの妹ならどうするの？」

「それはラッドくん次第としか言えない。だけどルビアも人ごとじゃないんだよ？」

するとと少しビクッとした後、上目遣い気味に言った。

「う、うん。分かってるよ？」

「まあそこは、俺とルビアとラッドくんの三人で話していこうか」

「うん」

（ルビアも分かってるならよかった）

これはラッドくん一人の問題じゃない。俺の護衛役である以上、俺の問題でもあるし、それはルビアも同様だ。それに加えてラッドくんは元王子。その時点で普通の護衛より扱いが難しい。

そう考えつつラッドくんを待つこと数分。

「ルビア様、ノア様。お待たせいたしました」

「大丈夫だよ」

「はい」

「じゃあ、探しに行こうか」

全員頷いたのを確認して教室を出て、一旦外にあるベンチに座る。

（まず最初はどこを探すか……）

むやみに探したところで見つかるわけがない。普通なら、俺たちが見かけたところに行くのが一番なんだろうけど、それをやっても見つかる可能性は低い。するとルビアが一つアイディアを出してくれる。

「学園長に頼ってみれば？」

「「あ……！」」

俺とラッドくんは驚いた顔をしながら声を出してしまった。

（その方法があったか）

思いつかなかった。現状、俺たち三人だけで探すことを考えていた。でもルビアが言うように、学園長に頼めれば簡単に見つかるかもしれない。いや、見つかる可能性の方が高い。

「学園長に会ってみよっか」

「はい！」

「うん！」

話が終わるとすぐ学園長室に向かい、ノックをする。

「はい。どなたですか？」

「貴族科一年のルビアとノア。そして魔法科のラッドです」

「どうぞ」

ルビアの言葉に学園長が反応して中に入る。すると学園長が驚いた顔をしながら俺たちを見ていた。

「あら？　三人でどうしたの？」

「はい。この度、少しお力を貸していただきたくて参りました」

「私にできることでしたらお力添えしますよ？」

その言葉を聞いて、俺はラッドくんとルビアに目配せをする。するとラッドくんが話し始めた。

「私の妹を学園で見かけたのですが、学園長はご存じないですか？」

「……」

（この反応、もしかして……）

俺はラッドくんの言葉に追い打ちをかけるように尋ねる。

「学園長。もしご存じなら教えていただけませんか？」

「……。一応は個人情報ですので、お答えすることはできません」

「それは家族でもですか？」

「……。それは確証があるのですか？」

「いえ、ありませんけど……」

そう言われてしまうと何とも言えない。でもここで引いてしまったら、情報が何一つなくなってしまう。するとルビアが真剣な顔をしながら言った。

「個人情報という問題があるのは分かります。なら、もし情報が漏れてしまえば私、ローリライ王国が全ての責任を負います。ですので教えていただけませんか？」

その言葉に俺を含めて、全員が驚いた顔をした。

「それは、本当によろしいのですか？　もし私が教えた情報の子から訴えられたら、国の名誉に関わってきますよ？」

「はい。分かっています」

はっきり言って、ここまで言ってくれたのには驚いた。なんたって護衛のためとはいえ、国の名誉に関わることだから。もし訴えられでもしたら、ローリライ王国はいいイメージを持たれたりはしない。

「ルビア様。そこまでしていただかなくても……」

「いえ、これは私も関係していることです。なら、少しでも近づける情報を入手するのがいいでしょ？」

「あ、ありがとうございます」

すると学園長は、顔写真がついた名簿を俺たちに渡してきた。

「そこまで言われたら、私には何とも言えません。ここにある人物の中で、ラッド様の妹様はいますか？」

全員で名簿を見回すこと数分、俺とルビアはあの子を見つける。

「「あ！　この子！」」

俺たちが声を上げるのと同時にラッドくんの顔を見ると、泣いていた。

この反応。やっぱりあの子がラッドくんの妹だったか……。するとラッドくんが俺たちに向かって深々とお辞儀をしてきた。

「本当に、本当にありがとうございます」

「「いいって」」

俺たちには分からないが、家族が見つかるのがどれだけ嬉しいことか、想像するだけで分かる。それに、死んでいたと思っていた家族が生きていたのだから。

「ミーシェ様はラッド様と同じ魔法科ですよ」

「え？　本当ですか!?」

「はい」

マジか……。ラッドくんの身近に妹がいたとは思いもしなかった。でも考えてみればそうか。魔法科の人数は貴族科に比べて格段に多い。それに入学してあまり時間が経っていないため、見つけられなかったのだと思う。

「じゃあ今から探しに行こうか。まだいるかもしれないしね」

「はい！」

俺たちは学園長にお礼を言って部屋を出た。そして、魔法科の学生がまだいるかもしれない場所をしらみつぶしに歩き始める。そこから数十分探すが見つからない。時間が経つにつれてラッドくんの顔が徐々に険しくなっていった。

（やっぱり今日は見つからないのかな？）

別に今日見つけなくちゃいけない理由はない。でもいることが分かった以上、すぐにでも会いたいのは当然だ。

「ルビア様、ノア様。もう時間も遅くなってきましたので、また明日お願いできますか？」

今日は諦めたのか、そう言ってきた。でも、ルビアは諦めていないようだ。

「ダメよ！　まだ学生がいる！　なら探すのがいいに決まっているよ！　ノアもそう思うよね？」

「あぁ！」

俺もルビアと同意見だ。まだ時間はある。学生が減ってきたといっても、まだいる。なら探すのが一番だ。だから、もう少しだけ三人で探し始める。

何カ所か探したが見つからない……。時間も時間になってきたので、最後に図書館に行って、いなかったら帰ろうとした時、廊下にあの少女がいた。

「ミ、ミーシェ！」

「え？」

俺がラッドくんの方を向いた時には走り出していた。そして妹に抱きついた。

「に、兄さん？」

「あぁ」

ラッドくんは泣きながら頷いていた。妹——ミーシェさんも涙を流し始めた。

「本当に兄さんですよね？」

「あぁ。よく生きていた……。本当に、本当によかった」

そこから数分間、抱き合っていた。その後、俺とルビアの方を向いてお礼を言ってくる。

「本当にありがとうございます。もし今日諦めていたら、こんなに早く会うことはできませんでした」

「あぁ。本当によかった」

「うん！」

俺とルビアも二人に近づいていく。

（それにしても、本当に似ているな）

間近で見ると、本当に瓜《うり》二つという感じであった。

「あの、兄さんと一緒にいてくださった方ですよね？　本当にありがとうございます」

「私たちこそ、ラッドくんには助けられていたから、こっちこそお礼を言いたいぐらいだよ！

それよりも、ミーシェさん、この後、お時間はありますか？」

「はい」

「では私たちの屋敷に行きましょう」

ルビアがそう言って屋敷に向かった。屋敷に向かう最中もラッドくんとミーシェさんは少し泣きそうな顔をしていた。

（本当によかった）

その時、誰かから俺たちに向けられていた視線に、気付くことができなかった。


屋敷に戻り、ルビアがミーシェさんに言う。

「単刀直入に言いますね。私たちの屋敷で暮らしませんか？」

「え？」

「ここで暮らせば、金銭面で苦労することはないと思います。それに、家族であるラッドくんと暮らすのが一番だからです」

俺もルビアと同じ考えだ。一緒に暮らした方が金銭面はもちろん、何より家族と暮らせるというメリットがある。それに、他の場所に比べてここは安全だ。はっきり言ってメリットが大きすぎる。

「……。本当によろしいのですか?」

「はい。ノアもそう思っていると思います。使用人も納得してくれるでしょう」

「あぁ。俺もそう思うよ。見ず知らずの人は困るけど、ラッドくんの妹である以上、他人ではない」

するとミーシェさんは頷く。それと同時にラッドくんが言う。

「妹の件、本当にありがとうございます」

「ラッドくんからお礼を言われる筋合いはありませんよ。ラッドくんはローリライ王国の大切な国民。だから、その家族も私にとっては大切な人ですよ」

「あ、ありがとうございます」

ミーシェさんがここで暮らすことが決まったので、すぐさまミーシェさんの住んでいるところにラッドくんと数人の使用人を荷物などを取りに行かせた。

それから一時間ほどして屋敷に戻ってきて、本題に入った。

「ラッドくん、ミーシェさん。少し聞きたいことがあるんだけど、いいかな？」

「はい。何でしょう？」

「二人の実家がなぜあんなことになってしまったのかを聞いておきたい」

二人に尋ねると、少し困惑したような顔をしていた。やがてラッドくんが口を開く。

「それは言わなくてはいけないことですか？」

「できれば教えてほしい。言い方が悪いけど、現状ラッドくんとミーシェさんはローリライ王国がかくまっている形になっている。もし二人が生きていることが分かったら、俺たちに攻撃を仕掛けてくる可能性がある。だから、一つでも危険な可能性を排除しておきたいと思ってる」

このことは、もともと聞こうとは思っていた。でもラッドくんがローリライ王国に来て時間が経っていたため、あまり危険性はないと考えていた。でもミーシェさんも一緒にかくまうということは、危険性が高くなるかもしれない。

俺にとってルビアを守るのが一番重要なことである。もし話せないなら、ミーシェさんをかくまうこと以外の方法を考えなくてはいけなくなる。でもそんなことできるはずない。だからここで詳しいことを聞いておきたい。

「分かりました。いいよね？　ミーシェ」

「兄さんがいいのでしたら、私は構いません。それにノア様が言っていることも分かりますので」

「分かった。ではルビア様、ノア様。今からお話しすることは内密でお願いします」

「あぁ」

「はい」

するとラッドくんは淡々と話し始めた。

「ルビア様とノア様も知っての通り、私たち二人はある国の王族でした」

「あぁ」

「では、なぜ私たちの祖国であったリックブルド王国が滅亡したのかをお話しします」

ラッドくんの名前は知っていたけど、リックブルドという名前であったのは知らなかった。

(主として失格だよな……)

そう思っていると、ラッドくんが険しい顔で話し始めた。

「リックブルド王国には隣国が二つありました。一つは同じ人族の国、クーエック王国。そしてもう一つが竜人族《ドラゴニュート》の国、シュクリード王国です」

「え？　シュクリード!?」

「はい。ご存じですか？」

「うん。なんせ同じクラスにいるからね」

「……。そうですか」

ライラー様がこんなところで絡んでくるとは思ってもいなかった。でも待てよ。もしかして、ライラー様の実家がラッドくんの実家を消滅させた可能性もある。そうだとしたら、俺たちとは敵対関係ということになるよな……。

「話を戻しますね。では、なぜ私たちの国がなくなったのか。それはクーエック王国が私たちに条約の話を持ち掛けてきたからです」

「一応あるあるの話だね」

「え？　そうなの？」

「うん。滅多にないけど、条約がいい方向に進まなかったら、その国を滅ぼす国もあるってたまに聞くよ」

「そうなんだ……」

それは国としてどうなんだ？　そう思ったが、それは俺個人の意見である。個人と国を動かす人は視点が違う。だから俺からは何とも言えなかった。それにここで言ってしまえば、ラッドくんたちはどう思う？　そう思うと、顔に出すことすら申し訳なくなった。

「ルビア様が言う通り、条約がうまくいかず、国がなくなることもあるのです。でも、私たちリックブルド王国はそこまで深く考えていませんでした。当然でしょう？　普通、条約を結ばなかったからって、国が滅びるとは考えませんから」

「条約っていうのはどのような内容だったのですか？」

「はい。それはシュクリード王国を滅ぼす条約でした」

その言葉に、俺とルビアはゾッとした。

「驚くのも無理はないと思います。でもそんな話もあるのです」

「それで断ったと」

「はい、当然でしょう？　なんせシュクリード王国は、私たちリックブルド王国に対して害をなしていなかったのですから」

(まあ、普通に断る内容だよな)

「それで、断ったらどうなったの？」

「まず私たちの国に脅しの文書が送られてきました。もし条約を結ばなかったら、クーエック王国の近くにある町を滅ぼすと」

「それに対して何かしたのですよね？」

「はい。私たちも軍を出して対応しました。でも国の規模とかを考えると、負けるのは目に見えていました。なんせ小国と大国ですから」

「それこそ、シュクリード王国に増援を求めなかったのですか？」

そうだ。はっきり言って、竜人族《ドラゴニュート》に増援を頼めば滅びることはなかったと思う。

「流石に求めましたよ。でもシュクリード王国はその時期に内乱が起きていて、それどころではありませんでした」

「そっか」

タイミングが悪い……。そうとしか言えなかった。でも、そんなピンポイントなタイミングで内乱なんて起こるのか？　俺は少し疑問に思った。

「それから、あっという間に国は滅んでしまい、私とミーシェは国民に助けられながら逃げ出しました。もっと詳しい話もありますが、大まかには、ここまでが私の知っていることです」

「話してくれてありがとう。それで、ミーシェさんはその後どうなったのですか？」

ルビアがミーシェさんに尋ねると、話し始めた。

「私は兄さんと離れてから、過去の記憶をたどって、条約を結んでいる国に向かいました」

「それでどうなったの？」

「でもその人たちは私を迎え入れてくれませんでした。私たちの国の現状を知っているからでしょうね」

少し暗い顔をし始めた。

「え？　そんなのおかしいじゃない！」

ルビアがそう言うのも分かる。条約を結んでいるってことは、助ける義務があるからだ。でもそんなのは建前だと俺は思っている。

戦争をしていて、負けた国のお姫様を迎え入れたらどうなるか、そんなこと誰でも想像できる。次の標的が自分たちになると分かるから。

「そうですね。ですが、それが条約というものです。条約というのは、お互いにメリットがあるから結んだもの。もしその国が滅びようとしているなら、条約を結びますか？」

「でも、そんなことをしたら、その国の信用はガタ落ちじゃない！」

「はい。条約を結んだ国を裏切ったと。そうおっしゃりたいのですよね？」

「うん」

「ですが、私たちの国とその国は密かに条約を結んでいたため、公にはしていませんでした。これが、私を迎え入れてもらえなかった理由だと思います」

「……」

俺もルビアが言ったようなデメリットがあるため、数日だけでもかくまい、中立国に逃がすべきだと思った。でも公には条約を結んでいない以上、それは他国に知れ渡っていないということ。なら、滅びようとしている国を助ける義理はない。なんせ、滅びれば情報が漏洩する恐れはないからだ。

「じゃあ、その後どうしたの？」

「それからは国を転々としながら、細々と生きながらえていました。そんな時、一つ思い出したのです。魔法都市スクリーティアなら大丈夫じゃないのかなと」

「そういうことね」

魔法都市スクリーティアはいわば中立都市。どの国とも敵対していないし、他国の戦争への加担もしない。だから逃げるには最適な場所であるのは理にかなっている。

「でも、それを学園長は知っているのですか？」

「……。知らないでしょうね」

「そっか」

もしこのことが学園長にバレたらどうなるのか予想する。まずは普通に迎え入れてくれることと。中立都市のため、戦争が起こったらいろいろな国が助けに来てくれる。なんせこの都市が亡んだら、最新魔法の研究ができなくなってしまう。それはどの国にとってもよろしくないから。そしてもう一つは追い出されること。危険人物がいるなら追い出すという考えは自然だ。

「なので、本当にローリライ王国に私を迎え入れていいのですか？」

「そのことに関しては大丈夫ですよ？　すでにラッドくんを迎え入れているのですから」

ルビアがそう言うと、なぜか涙を流し始めた。

「ほ、本当にいいのですか？」

「いいに決まっているじゃない！　ミーシェさんはもう家族も同然とは言えないけど、大切な人なんだから。でも一つ条件があるわ」

「はい。何でしょう？」

「今日からミーシェさんはただの一般人、元お姫様であることを秘密にしてほしい。ラッドくんは分かっていると思うけど」

まあそうだよな。もし話してしまったら、今度はローリライ王国が狙われる可能性がある。

それだけは避けたい。なんせ俺たちにとって大切なのは国民だから。

「はい。私は大丈夫です」

「分かりました」

「じゃあ決定ね」

ルビアがそう言い、ローリライ王国に迎え入れることが決まった。

それから数日が経って、ミーシェさんは正式にローリライ王国の国民になった。

あとがき

作者の煙雨と申します。

この度、『追放されたので、暗殺一家直伝の影魔法で王女の護衛はじめました！　～でも、暗殺者なのに人は殺したくありません～』の一巻をお手に取っていただき、誠にありがとうございました。

今作が処女作となりましたが、皆様はどのような感想をもたれましたか？

私が今作で一番意識した点は、主人公が追放されてから成長していく一面、及び主人公の性格を周りの仲間たちがどのように感じているかの心理描写です。そのような点が面白いと感じていただけたら幸いです。

さて、私は小説家になろうに投稿する約二年前まで、創作をしたことがありませんでした。ですが、ＷＥＢ小説を読んで自分も書いてみたいと思い、様々な人にも読んでほしいという一心で今作を書かせていただきました。

今作を買ってくださった皆様、そして小説家になろうでは、一万人を超えるファンの皆様に心より感謝申し上げます。小説を読んでくださっている皆様には、今後もより良い作品を作っていきたいと思いますので、よろしくお願いいたします。

そして、イラストレーターの福きつね様。

拝見したイラストに一目惚れしてしまい、ぜひ福きつね様にルビアやミアなどを描いていただきたく担当編集様に頼みました。イラストを引き受けていただき、誠にありがとうございます。

どのキャラも魅力的で本当に感動しました。ルビアやミアに関しては、カバーイラストがものすごく可愛い表情になっていて、私のお気に入りです!!

また、担当編集様には至らぬ点など様々なところを指摘していただき、誠に感謝しています。担当編集様のお力添えがなければ、このような作品に仕上げることはできませんでした。

最後にコミカライズ会社の双葉社様。今作のコミカライズを引き受けていただき、誠にありがとうございます。

さらに、様々なアドバイスをくださった作家の皆様にも心より感謝申し上げます。引き続き、今後もよろしくお願いいたします。

２０２１年８月　煙雨

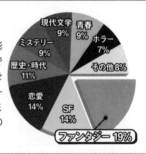

追放
悪役令嬢の旦那様
著／古森きり
イラスト／ゆき哉
1~3
マンガPark
「マンガPark」（白泉社）で
©HAKUSENSHA
コミカライズ
好評連載中！
謎持ち悪役令嬢
第4回ツギクル小説大賞
大賞受賞作
規格外の旦那様と辺境ライフはじめます!!!
卒業パーティーで王太子アレファルドは、
自身の婚約者であるエラーナを突き飛ばす。
その場で婚約破棄された彼女へ手を差し伸べたのが運の尽き。
翌日には彼女と共に国外追放＆諸事情により交際0日結婚。
追放先の隣国で、のんびり牧場スローライフ！
……と、思ったけれど、どうやら彼女はちょっと変わった裏事情持ちらしい。
これは、そんな彼女の夫になった、ちょっと不運で最高に幸福な俺の話。
定価1,320円（本体1,200円＋税10%）　ISBN978-4-8156-0356-4

妹ちゃん、俺リストラされちゃった
~え、転職したら隊長？
スキル「○○返し」で
楽しく暮らします~
著 アメカワ・リーチ　イラスト なかむら
双葉社で
コミカライズ決定！
王国一のギルドに転職したらいきなり
「隊長に抜《ばっ》擢《てき》されました!
大手ギルドに勤めるアトラスは、固有スキル「倍返し」の持ち主。受けたダメージを倍にして敵に返し、受けた支援魔法を倍にして仲間に返してパーティーに貢献していた。しかし、ある日「ダメージばかり受ける無能はいらない」と、トニー隊長を追い出されてしまう。そんな不憫な様子を見ていた妹のアリスは王国一のギルドへの転職試験を勧め、アトラスはいきなりSランクパーティーの隊長に大抜擢！　アトラスがいなくなったことで、トニー隊長たちはダンジョン攻略に失敗し、Cランクへと降格してしまう。アトラスに土下座して泣きつくが、時すでに遅し。王国一のギルドで楽しくやっていたアトラスは、トニー隊長の懇願を一蹴するのだった——
妹ちゃんのアドバイスで人生大逆転した異世界ファンタジー、いま開幕！
定価1,320円（本体1,200円＋税10%）　ISBN978-4-8156-0867-5
ツギクルブックス
https://books.tugikuru.jp/